しのび悦
尼姫お褥帖

特選時代小説

睦月影郎

廣済堂文庫

目次

第一章　拾った美女の甘き香り

一

「な、何をなさいます。お止め下さい……！」

声がし、末吉《すえきち》はそちらに向かって走った。

今日、江戸に出てきて奉公先を見つけようと、口入れ屋を探していたが見つからず、日も傾いたので宿を求めているところでいきなり騒動に出くわしたようだった。

末吉は十八歳、ここは深川の外れである。

見ると人家もない草っ原に、三人の武士がいて、一人の二十歳前の女を追い回しているではないか。

武士たちは身なりも立派だが、みな二十歳前後の青年であった。

それが下卑《げび》た笑みを含み、面白がって若い女を追っているのである。

女も、見たところ武家のようだ。

「加代《かよ》！　身寄りのない御家人の女を旗本の嫁にしてやろうというのだ。養女の先も決めてあると言うに、なぜ有難く応じぬ」

一人の武士が言い、とうとう女を三方から追い詰めた。

加代と呼ばれた女は、松の木を背に、どちらへも逃げようがなく途方に暮れて立ちすくんだ。

夕陽に赤く照らされた顔が、何とも美しかった。鬢《びん》はほつれ、汗ばんだ顔で喘《あえ》いでいるが、その恐怖と悲しみの中にも、言いようのない清らかな美が醸《かも》し出されているではないか。

なるほど、話の様子では、旗本の若侍が御家人の娘に懸想《けそう》し、強引に妻にしようとしているようだ。

しかし加代の方は、それを激しく拒んでいた。

「平山《ひらやま》様、もう以前にお断りしたはずです。どうかご勘弁を……」

加代が必死に言うが、左右の二人は彼女が逃げ出さぬよう油断なく身構えていた。この二人は、平山に加勢している腰巾着というところか。

「二親も亡くして家も失い、どこへ行こうと言うのだ」

「あ、尼になります……」

「そんな勿体《もったい》ないことをさせて堪るか。とにかく一緒に来い」

「いいえ……、死んでも決して……」

加代が言うと、平山は激高して眉を吊り上げた。ちょっと見には良い男だが、なるほど、酷薄そうで尊大。家柄も良いのだろうが、嫌い抜いている加代の見る目は正しいようだ。

「左様か。死んでも嫌なら致し方がない。ここで手討ちにして、亡き者にしてやろうか」

平山が鯉口《こいぐち》を切って言うなり、左右の男たちが加代の両腕を摑んだ。

むろん脅しだろうし、このまま昏倒させてでも強引に連れ去る所存だろう。

とにかく草の陰から見守っていた末吉も、限界になって手拭いでほっかむりをし、連中の方へ飛び出していった。

お節介とは思うが、江戸へ来て初めて目にした見栄えの良い女が難渋しているのだ。

「お、お待ち下さいませ……」

末吉は言いながら、加代と平山の間に行って膝を着いた。

「何だ、小僧！」

「い、嫌がっているじゃありませんか。どうかご無体なことは……」

「黙れ！　邪魔するな虫ケラ！」

平山は言い、いきなり末吉を足蹴にし、彼は草の上に倒れた。

「お止め下さいませ……！」

加代が、二人に押さえつけられて声を上げた。

「こいつは、加代の知り合いか」

「いいえ、存じませんが、どうか乱暴は」

「ふん、ならばこいつを無礼打ちにする。それが嫌なら一緒に来るのだ」

平山が言い、とうとうスラリと抜刀した。

「く、国許では、お武家は立派な人ばかりと教わってきましたが、そうでない人もいるのですね……」

末吉は身を起こしながら言った。

「なに、無礼者！」

平山が怒鳴るなり斬りつけてきた。末吉は横に転がって避けた。

「ど、どうかお止めを……！」

加代が懸命にもがいて叫んだ。

「おい、加代が見ないよう当て身で眠らせろ」

平山が言うと、一人がいきなり加代の水月《みぞおち》に拳をめり込ませた。

「ウッ……！」

加代は呻《うめ》き、そのままずるずると膝を着いてくずおれてしまった。

彼女が昏倒したのならと、末吉も一回転して身を起こした。陽が西の彼方に没し、周囲には藍色の夕闇が立ち籠めはじめてきた。

（力を見せるな……）

と、耳の奥に今際の際の父の声が甦《よみがえ》った。

（末吉、お前の技は人並み外れて優れたものだ。だが、江戸では決して術を見せるな。覚えた技を秘し、奉公して平穏に子を成せ。泰平の世に、素破《すっぱ》の術は災いの元ぞ……）

そう言って、父親は死んで末吉は天涯孤独の身となった。そして遺言通り、筑波にある素破の里を出て江戸に出てきたのである。

名は残さなくて良い。脈々と子孫が続けばそれで良いとのことだった。

とにかく末吉は生まれてから十八の今日まで、過酷な体術の訓練に明け暮れていたのだ。

兄たちはすでに死に、残った父に学問を教わり、訓練の合間に耕した野菜を里に売りに行って糊口《ここう》を凌《しの》いでいたのである。

しかし、もう戦乱が起きる気配はなく、そして父が病で動けなくなると、末吉は看護に専念したがその甲斐もなく、茶毘《だび》に伏して江戸に来た。

末吉は、山育ちの割りに色白で小柄、手足も細いが、その身体の中には多くの殺人術が仕込まれていたのである。

「おのれ、何とすばしこい。そこを動くな……！」

追い疲れた平山が言い、大上段に構えて渾身《こんしん》の力で振り下ろしてきた。

しかし末吉は懐に飛び込み、相手の脇差を抜きながら背負い投げを食らわせていた。

「うわ……！」

見事に宙に舞い、一回転した平山は声を上げて地に叩きつけられた。

同時に、末吉の振るった脇差が彼の髷《まげ》を切り落としていた。

「こ、こいつ……！」

昏倒している加代を横たえた二人が言い、やはり抜刀しようとしたが、いち早く迫った末吉は、強《したた》かな峰打ちを二人の利き腕の手首に叩き込んでいた。

「うぐ……！」

二人は手首を押さえて膝を着いた。

「命は助けてやる。行け」

末吉は言うと、尻餅を着いている平山のところへ戻って、脇差をパチーンと鞘《さや》に納めてやった。

「く……」

なおも平山が眦《まなじり》を吊り上げて呻いたが、末吉が大刀も鞘に納め、乱暴に襟を摑んで引き立たせた。

「き、貴様、何者だ……」

「いいから行け」

言う平山の後ろに回り、思い切り尻を蹴ってやった。

「うむ……」

呻いてつんのめり、それを懸命に両側から二人が支え、どうあっても敵わぬと思ったか、そのまま三人で立ち去っていった。

辺りはすっかり暗くなり、三人が夕闇の中に消えていくと、末吉は加代に駆け寄った。

当て身などと言っても、生兵法の者が手加減なく腹を叩けば、腸が破れたり息が詰まって死に到ることもある。

しかし今回は偶然にも上手くいったようで、加代は苦悶しながらも切れ切れに呼吸していた。家と二親を失ったと聞いているので、恐怖ばかりでなく疲労も大きかったのだろう。

半身を起こして前に回り、暮れ六つの鐘の音が響く中、彼は加代を背負い上げて町へと向かった。

末吉の背中に胸の膨《ふく》らみが柔らかく当たり、腰にもコリコリする恥骨が感じられた。そして肩越しに、熱く湿り気ある息が甘酸っぱく彼の鼻腔《びくう》を悩ましく刺激してきた。

里で娘を見かけることはあっても、こんなふうに接触し、温もりや匂いに接するのは生まれて初めてで、何やら股間が熱くなってきてしまった。

幸い町外れに木賃宿があり、訪《おとな》うと女将《おかみ》が出てきた。

「病人かい？　迷惑だね」

「いえ、疲れているだけですので」

背負った加代を見て女将が言うので、末吉はなけなしの二分銀を出した。

すると女将も笑顔になって受け取った。

「医者を呼ぶような面倒はごめんだよ。離れが空いてるから」

「ええ、それに握り飯と、盥《たらい》に水が欲しいのですが」

「ああ、それぐらいならおやすい御用だよ」

女将は言い、末吉は加代を背負って案内されるまま離れへと行ったのだった。

二

（さて、とにかく脱がせないとな……）

末吉は、布団に横たえた加代を見下ろして思った。彼女は、あるいは何日も眠っていなかったかのように、当て身に昏睡したまま、今は軽やかな寝息になっていた。

すでに床は二組敷かれ、末吉は女将が持ってきてくれた握り飯で腹ごしらえを済ませた。

行燈《あんどん》の灯に、加代の整った顔がぼうっと浮かび上がり、それでなくても夜目の利く末吉の目には、横たわった全身がくまなく見渡せていた。

加代は着の身着のままで、どこかへ行こうとしていたのだろう。手甲脚絆《てっこうきゃはん》を着け、背には斜めに荷を背負っていた。

解いて開くと、中には二親の位牌と手拭い、僅《わず》かな着替えがあるだけだった。懐中には、僅かな金の入った財布と短刀。それだけである。

横にさせて腰の帯を解き、身を浮かせてシュルシュルと解き放っていった。苦労して着物を脱がせ、さらに襦袢《じゅばん》と腰巻も脱がせ、じっとり汗ばんでいる全身を手拭いで拭き清めてやった。

その間も、加代は正体を失くしたままで、されるままグッタリと力を抜いて四肢を投げ出していた。

当て身を受けた部分は僅かに淡い痣《あざ》になっていたが大したこともなく、骨にも異常はなさそうだ。

手甲脚絆に足袋《たび》も脱がせると、たちまち加代は一糸まとわぬ姿で布団に身を横たえた。今まで着物の内に籠もっていた熱気が、さらに甘ったるい汗の匂いを含んで揺らめいた。

真夏のことで暑く、末吉も着物を脱ぎ、下帯一枚になってしまった。

見ると形良い乳房が息づき、乳首も乳輪も初々《ういうい》しい薄桃色をしていた。

白く滑らかな肌が汗ばみ、股間の淡い翳《かげ》りが震え、脚もニョッキリと艶《なま》めかしく伸びていた。

末吉も淫気は旺盛な方で、筑波にいた頃も、日に二度三度と手すさびしなければ治まらないほどだった。

江戸から来た行商人にもらった春本で、女の身体の仕組みぐらいは知ったつもりになっていたが、やはり生身を目の前にすると、その興奮は絶大で、激しく勃起してしまった。

(まだ、生娘《きむすめ》なのだろうな……)

末吉は、清らかな肌と、まだあどけなさの残る寝顔を見て思った。

舐《な》めるように見回してから、まず彼は加代の乳房に屈み込み、そっと乳首を含んで舌で転がしてみた。

生ぬるい汗の匂いとともに、心地よい感触が伝わってきた。

目を覚まさせないよう膨らみに顔を押し付けると、そこは実に柔らかく、若々しい張りに満ちていた。

左右の乳首を含んで舐め、腕を差し上げて腋の下にも顔を埋め込んでいった。

生ぬるく湿った和毛《にこげ》には、何とも甘ったるい汗の匂いが馥郁《ふくいく》と籠もり、悩ましく鼻腔を刺激してきた。

（これが、女の匂い……）

末吉は胸を満たし、汗の味のする滑らかな肌を舐め下り、形良い臍《へそ》にも舌を這わせ、腰からムッチリした太腿に降りていった。

丸い膝小僧を通過すると、脛も実にスベスベとし、足首まで行った。

足裏にも回って顔を当て、踵《かかと》から土踏まずに舌を這わせ、指の股に鼻を押しつけて嗅いだ。

おそらくずいぶん歩き回ったのだろう。そこは汗と脂にジットリ湿り、蒸れた匂いが濃厚に沁み付いていた。

もちろん嫌ではない。むしろ美女でも、こんなに蒸れた匂いを籠もらせていることが大発見のように思え、嗅ぐたびに刺激が胸から一物に伝わっていくようだった。

起こさないようそっと爪先にしゃぶり付き、指の間にも順々に舌を潜り込ませて味わった。

「く……」

微かに加代が息を詰めて呻き、ピクンと脚を震わせて反応した。

末吉は動きを止め、彼女の寝息を測った。

もし目を覚ましたら、全身を拭き清めている作業を再開し、何とか言い訳しようと思った。

しかし再び加代の寝息は平静に戻った。

末吉は彼女の両足とも味と匂いを貪《むさぼ》り、やがてそろそろと股を開かせ、間に腹這い、両膝の間に顔を割り込ませていった。

白く滑らかな内腿を舐め上げ、股間に鼻先を寄せていくと、顔中を熱気と湿り気が包み込んできた。

中心部に目を凝《こ》らすと、ぷっくりした丘には薄墨でも刷いたように淡い茂みが煙り、割れ目の間からは桃色の花びらがはみ出していた。

そっと指を当てて陰唇を左右に広げると、中の綺麗な柔肉《やわにく》が覗き、末吉は思わずゴクリと生唾を飲み込んだ。

内部の下の方には、細かな花弁状の襞の入り組む無垢《むく》な膣口が息づき、その少し上にはポツンとした尿口の小穴も確認できた。

そして割れ目上部の包皮の下からは、ツヤツヤした光沢ある小粒のオサネも顔を覗かせていた。

ほぼ春画で見た陰戸《ほと》と同じだが、やはり生身の方が美しく艶めかしかった。

(こうなっているんだ……)

末吉は感動と興奮に包まれながら思い、もう堪らず、吸い寄せられるように顔を埋め込んでいった。

柔らかな茂みに鼻を擦りつけて嗅ぐと、隅々《すみずみ》には生ぬるく甘ったるい汗の匂いが濃厚に沁み付き、下の方にはほのかな残尿臭も入り混じって悩ましく鼻腔を刺激してきた。

(これが女の匂いなんだ……。しかも生娘の……)

末吉は思い、何度も鼻腔を満たしながら舌を這わせていった。

はみ出した陰唇は特に味もなく、奥へ差し入れて膣口の襞をクチュクチュ掻き回すと、うっすらと汗か残尿か判然としない微妙な味わいが感じられた。

そして滑らかな柔肉をたどり、オサネまで舐め上げていくと、

「あう……」

加代が小さく呻き、ビクッと内腿を震わせた。

末吉も舌の動きを止め、また待機すると、やがて彼女の寝息も通常に戻った。

やはり春本に書かれていた通り、たとえ無垢であろうとも、この小粒の突起が最も感じるようだった。

しかし、あまり刺激すると目を覚ましてしまうだろう。

そして彼女も眠りながら、あまりの快感に恐れをなしたように脚を閉じ、ゴロリと横向きになって身体を縮めてしまった。

末吉もいち早く股間から這い出し、今度は彼女の尻の方に顔を移動させた。

四肢を丸めているため尻が突き出され、彼も大きな白桃のような双丘に顔を寄せていった。

そっと指を当てて谷間を広げると、奥には薄桃色の蕾がひっそりと閉じられ、細かな襞を震わせていた。

鼻を埋め込むと、顔中にひんやりした丸みが密着し、蕾に籠もる淡い汗の匂いに混じり、秘めやかな微香が胸に沁み込んできた。

こんな美女でも、やはり普通の人間と同じように排泄をするのだと思うと、また大発見のように嬉しく、興奮が湧き上がった。

充分に匂いを嗅いで鼻腔を刺激され、舌先でチロチロと蕾を舐めた。

震える襞が唾液に濡れ、さらに彼はヌルッと潜り込ませ、滑らかな粘膜を味わった。

「う……」

また加代が小さく呻き、肛門でキュッと舌先を締め付けてきた。

末吉は動きを止め、寝息が元に戻るとそっと舌を引き離して彼女の顔に移動していった。

長い睫毛《まつげ》が臥せられ、ぷっくりした唇が僅かに開き、ヌラリと光沢ある歯並びが覗いていた。

唇の間からは、熱く湿り気ある息が洩れ、鼻を寄せて嗅ぐと、それは果実のように甘酸っぱい芳香が含まれ、悩ましく鼻腔を刺激してきた。

(何と、かぐわしい……)

末吉は美女の吐息に酔いしれ、痛いほど一物が突っ張っているので、もう我慢できず下帯を解き、彼女と同じく全裸になってしまった。

そっと唇を重ね、果実臭の息を嗅ぎながら舌を挿し入れ、唇の内側の湿り気を味わった。そして滑らかな歯並びをたどったが、歯が開かれることはなく、それ以上の侵入は無理だった。

彼は身を起こし、いけないいと思いつつ激しく勃起した一物を彼女の顔に寄せ、先端を神聖な唇に触れさせてしまった。

すると異変が起きた。

加代は眠りながら無意識に、張りつめた亀頭にチュッと吸い付いてきたのである。先端が生温かな口に含まれ、内部で舌がヌラリと蠢《うごめ》き、その瞬間末吉はあっという間に昇り詰めてしまったのだった。

三

「く……！」

末吉は突き上がる大きな絶頂の快感に呻き、止めようもなく熱い大量の精汁をドクンドクンと勢いよくほとばしらせてしまった。

このような状態で目を覚まされたら、もうどんな言い訳も効かず、あの連中と同じに忌《い》み嫌われることだろう。

しかし加代は喉の奥を直撃する噴出を受け止め、しかも頬をすぼめて吸い付いて、亀頭を含んだまま精汁を飲み込んでくれたのである。

確かに喉は渇いているのだろう。

末吉は快感に身動きもならず、そのまま身を震わせ、最後の一滴まで出し尽くしてしまった。

それは手すさびの何十倍の心地よさであろう。

素破としての訓練に明け暮れていたから、たとえ手すさびによる射精の最中だろうとも油断することはなかったが、今だけは自分でも情けなくなるほど隙だらけであった。

しかも嚥下《えんか》とともに口腔がキュッと締まって駄目押しの快感が得られ、さらに口の中ではさらなる潤《うるお》いを求めるようにチロチロと舌が蠢き、吸引が続いていたのだ。

末吉は射精直後の亀頭をヒクヒクと過敏に反応させ、それ以上の刺激が辛くなったので口から引き抜いた。

加代も幸い、僅かに舌なめずりしただけで目は覚まさなかった。

彼は余韻に浸る余裕もなく、慌てて着物だけ羽織って帯を締めた。

本能的に、そろそろ彼女も本当に目を覚ますだろうと思い、全裸のままではいけないと思ったのだ。

そして呼吸を整えると、徳利にもらっていた水を含んで、そっと彼女に口移しに注ぎ込み、精汁の味と匂いを流させてから、あらためて手拭いで彼女の身体を拭いてやった。

すると、加代もコクンと水を飲み込み、ぱっちりと目を開いた。

「あ……、ここは……！」

加代が言い、ビクリと起き上がろうとしたが全裸であることに気づいて身を縮めた。

「お気づきですか。ここは深川の外れの宿です」

「そなたは、あのときの……」

「はい、末吉と申します。あまりにお疲れのご様子で汗ばんでいたので、身体をお拭きしておりました」

末吉は答え、甲斐甲斐しく肌を擦った。

「も、もう結構です。では、あの三人からは助かったのですね……」

彼女も、何もかも思い出したようだ。

「ええ、無我夢中で追い払いました」

末吉は言い、身を離して彼女に掻巻を掛けてやった。

「左様でしたか、それは危ういところを……、私は御家人、堀井忠兵衛《ほりいちゅうべえ》の娘、加代です」

「私は今日、筑波から江戸に出てきたばかりで、いきなりあの騒動に出くわしたのです」

「おかげで助かりました。でも、よくあの三人を相手に……」

「元々すばしこいものですから、私を追い回すうち疲れて諦めたようです」

「そう、良かった。私などのために、末吉さんが殺されるようなことにでもなったらと思うと……」

「どうか末吉とお呼び下さい。これもご縁ですので、明日どこへなりともお送り致します」

「ええ、月光寺《げっこうじ》という尼寺へ向かうところでした……」

加代は言い、訥々《とつとつ》と事情を話してくれた。

彼女は十九歳。先日大火があったようで、屋敷と二親を失って天涯孤独となってしまった。

そして近所の寺に避難してしばらく過ごしていたが、貧乏御家人で一人娘とあっては家名も消失し、月光寺を紹介してもらったらしい。

加代が、尼になると言ったのは本気だったようだ。

あの男は平山弥一郎《ひらやまやいちろう》、二十歳になる旗本の一人息子だ。

以前より美しい加代に懸想し、何とか自分のものにしようと算段し、旗本の威光を嵩《かさ》に脅迫まがいの求婚をしていた。

しかし加代は避け続け、家もなくなったし両親の菩提《ぼだい》を弔《とむら》うため仏門に入る決意をしたようだった。

中には、旗本の奥方になった方が幸せになれると言った知人もいたようだが、加代は拒んだ。

彼女はどうしても生理的に弥一郎を好きになれず、また彼は、いったん手に入れれば横暴になるのが目に見えていたのだろう。

そして加代は、長く旗本に虐《しいた》げられてきた御家人暮らしに、すっかり嫌気がさしていたようだった。

「なるほど、事情は分かりました。ときに、当て身を受けた腹は痛みませんか」

「ええ、大事ありません……」

訊くと、彼女は掻巻の中で腹を探って答えた。

「握り飯が余っていますが」

「今宵は、もう何も要りません」

「そうですか。ではおやすみ下さいませ」

彼は言い、隣に敷かれた自分の床へ行こうとした。

「末吉のことも訊かせて」

「ただ筑波の山奥で畑を耕していただけです。母は幼い頃に死に、最後に残った父も死んだので、どこかへ奉公しようと一人で江戸に出てきました」

「そう、お前も一人きりなのね……」

加代は言い、じっと彼から目を離そうとしなかった。

「もし、末吉が来てくれなかったら、私は掠《さら》われていたでしょうね。そして強引に犯されて、すぐにも祝言の約束をさせられたかも……」

彼女が、思い出したように身震いして言った。

「江戸のお侍が、あんなに横暴とは思いませんでした。もっとも国許では、領主である皆川《みながわ》藩の侍など滅多に見かけませんでしたが」

末吉は言い、着物を脱いで全裸で掻巻に潜り込もうとした。

「お願い、恐いわ。こっちへ来て一緒に寝て……」

加代が、思い詰めたように熱っぽい眼差しで言った。

彼も淫気に突き動かされ、誘われるまま加代の隣に滑り込んでしまった。

僅かの間にも、すっかり一物は回復してしまっている。春画を見てさえ続けて二度三度と手すさびしていたのだし、まして今は生身の美女が全裸でいるのだから、我慢できようはずがなかった。

末吉は甘えるように腕枕してもらい、加代の甘ったるい体臭に包まれた。

「ああ、何だか変な気持ちだわ……。何やら、ずっと前からお前を知っていたような……」

加代が熱く息を弾ませて囁《ささや》く。

危ういところを救われた恩義と、恐怖の思い出、そして眠っている間に得た無意識の快感もくすぶって、それで錯覚に陥っているのだろう。

末吉は肌を密着してしがみつき、彼女もしっかりと抱き留めてくれた。

「眠っている間に、何やらたいそう心地よくなった気が致します。お前、私に何か……？」

加代が、甘酸っぱい息で囁いた。

「ええ、身体をお拭きしていたとき、特に念入りに股の間を」

「まあ……、手拭いで……？」

「いえ、あまりに美しく、また初めて見たものですから珍しく、ついお舐めしてしまいました」

末吉は正直に言った。

着衣で向かい合わせの会話ではなく、互いに全裸で向き合っているのだから、何を言っても受け入れられると思ったのだ。

「そ、そんなことを……、なぜ……」

「ほんのり濡れて、とっても美味しそうだったものですから」

「だって、ゆばりを放つ不浄な場所なのですよ。そのようなところを舐める人は、この世にいません……」

加代は言いながらも、そのようなところを舐められたという思いに心なしか息が弾んできた。

末吉は目の前にある乳首をそっと含み、手をムッチリした内腿の間に差し入れて、そろそろと股間まで撫で上げていった。

「あ……」

加代が驚いたように声を洩らし、ギュッと彼の顔を胸に抱きながらも拒まず、恐る恐る股を開いてくれた。

眠っている間と違い、乳首はコリコリと硬くなり、それを舌で転がしながら陰戸を探ると、そこは僅かの間に驚くほど熱い蜜汁にヌルヌルと潤っているではないか。

末吉はヌメリを宿した指の腹でオサネを探り、小さく円を描くように愛撫すると、彼女も次第にクネクネと悶え、内腿できつく彼の指を締め付けてきた。

四

「アアッ……、駄目、恥ずかしい……」

加代が激しく喘ぎ、末吉にしがみついてきた。

「ここ、気持ちいいでしょう？」

「いや、分からないわ……」

囁くと、彼女は嫌々をして声を震わせた。

「ここ、また舐めさせて下さいね」

「ああ……、駄目よ、そんなこと……」

末吉は言いながら肌を舐め下り、搔巻をめくって加代の股間に潜り込んだ。

まった。

彼女はもがきながらも結局、激しく拒むことは出来ず、されるままになってし
まだ心身が朦朧《もうろう》とし、力も入らないのだろう。

それに末吉を慕う気持ちが芽生え、弥一郎にされるよりはずっと良いと無意識に思っているようだった。

再び彼女の脚の間に腹這い、末吉は悶える腰を抱えて陰戸に鼻先を迫らせた。

蜜汁はさっきより増し、恥毛に鼻を埋めるとふっくらとした汗とゆばりの匂いが心地よく鼻腔を刺激してきた。

柔肉を舐めると淡い酸味のヌメリが舌の動きを滑らかにさせ、彼は息づく膣口からオサネまでたどっていった。

「ああッ……、い、いけません……！」

加代が驚いたように声を上げ、ムッチリと内腿で彼の両頬を挟み付けてきた。

指でされる以上に心地よく、また羞恥と抵抗感も、相当に激しいものがあるのだろう。

末吉は執拗にオサネを舐めては、新たに溢れる蜜汁をすすり、生娘の体臭にうっとりと酔いしれた。

さらに彼女の両脚を浮かせ、再び尻の谷間の蕾を舐め回し、ヌルッと潜り込ませると、

「く……！」

加代は息を詰めて呻き、キュッと肛門で彼の舌を締め付けてきた。

粘膜を味わいながら舌を蠢かせ、陰戸から滴る淫水を舐め取りながら脚を下ろし、再びオサネに吸い付いていった。

「も、もう堪忍……、変になりそう……」

加代は息も絶えだえになって哀願し、ヒクヒクと白い下腹を波打たせた。

末吉も、もう我慢できなくなって顔を上げると、身を起こして股間を進めていった。

「挿れても、構いませんか……」

「ええ……、お前に救われた命ですので、どうか好きに……」

言うと、加代は意外にも従容《しょうよう》と応じてくれた。

多くのことがありすぎ、しかも初めて芽生えた淫気に流されて、とことん突き進みたいのかも知れない。

拒まれたら止そうと思っていた彼も、先端を濡れた陰戸に押し当てていった。

擦りつけながら位置を探っていると、急にヌルッと亀頭が潜り込み、あとはヌメリに合わせて一気に根元まで貫いてしまった。

「あう……！」

加代が眉をひそめて呻き、肌を強ばらせた。それまでの羞恥と快楽のひとときとは一変し、破瓜《はか》の激痛に襲われたようだ。

しかし潤いがあるため、一物は肉襞の摩擦を受けながら滑らかに深々と吸い込まれた。

末吉は股間を密着させ、熱いほどの温もりときつい締め付けを味わいながら身を重ねていった。

もしさっき彼女の口に出していなかったら、挿入時の摩擦快感だけであっという間に果てていたことだろう。

「大丈夫ですか」

末吉は彼女の肩に腕を回し、肌の前面を密着させて囁いた。

加代も小さくこっくりし、薄目で熱っぽく彼を見上げた。

動かなくても、息づくような収縮が一物を心地よく刺激し、それ以上に女と一つになった悦《よろこ》びが彼の全身を包み込んだ。

彼は、まだじっとしながら生娘の温もりと感触を嚙み締めた。

加代も、下から両手を回してシッカリとしがみついていた。

江戸では、先ず女を抱きたいと願っていたものだが、まさか、江戸に出てきたその日に実現するとは夢にも思っていなかった。

胸の下では柔らかく張りのある乳房が押し潰れて弾み、汗ばんだ肌が吸い付くように密着していた。

恥毛が柔らかく擦れ合い、さらにコリコリする恥骨の膨らみまで股間に伝わってきた。

末吉は、上からピッタリと唇を重ね、柔らかな感触と唾液の湿り気を味わいながら、舌を挿し入れていった。

舌先で滑らかな歯並びを左右にたどり、引き締まった桃色の歯並びまで舐め回すと、ようやく加代の歯が開かれ、侵入を許してくれた。

口の中は、さらに甘酸っぱく濃厚な果実臭が艶めかしく籠もり、舌をからめると、柔らかく濡れた感触が心地よかった。

美女の唾液は生温かく清らかで、戸惑うようにチロチロ蠢く舌も実に可愛らしかった。

もう堪らず、様子を探るように小刻みに腰を動かしはじめると、

「ンンッ……！」

加代が呻き、反射的にチュッと彼の舌先に強く吸い付いてきた。

いったん動いてしまうと、あまりの心地よさに腰の動きが止まらなくなってしまった。

むしろ早く済んだ方が彼女も楽になるだろうと、末吉は美女の唾液と吐息に酔いしれながら、次第に勢いを付けて律動した。

溢れる淫水が動きを滑らかにさせ、クチュクチュと淫らに湿った音も聞こえてきた。

「アア……」

息苦しくなったように加代が口を離し、唾液の糸を引きながら顔を仰《の》け反《ぞ》らせて喘いだ。

「い、いく……！」

たちまち末吉は昇り詰め、大きな絶頂の快感に呻きながら、ありったけの熱い精汁をドクドクと内部にほとばしらせてしまった。

何という心地よさだろう。

彼女の口に出して飲んでもらうのも、溶けてしまいそうな快感であったが、やはりこうして男女が一つになることこそ最高なのだと実感した。

加代は、もう痛みも麻痺したようにグッタリとなり、ただ嵐が過ぎるのを待っているだけのようだった。

それでも、彼の中で何かが済んだのだと察したか、加代も両手を離して身を投げ出していった。末吉は快感に包まれながら、心置きなく最後の一滴まで出し切り、徐々に動きを弱めていった。

膣内の収縮は続き、キュッと締め付けられるたび射精直後の一物が過敏に反応し、内部でピクンと跳ね上がった。

そして身を預けて温もりを感じ、美女のかぐわしい息を間近に嗅ぎながら、うっとりと快感の余韻に浸り込んでいったのだった。

やがて呼吸を整えると、末吉は手を伸ばして着物から懐紙を取り出し、そろそろと身を起こしていった。

股間を引き離すと、

「く……」

ヌルッと抜けるときに加代が小さく呻いた。

彼は懐紙で手早く一物を処理し、加代の股間に潜り込んだ。可憐な陰唇が痛々しくめくれ、間から覗く膣口からは精汁が逆流し、うっすらと血の糸が走っていた。

しかし、それほどの出血ではなく、すぐ止まったようで、末吉はそっと懐紙を当てて拭い清めてやった。

そして全裸のまま添い寝して掻巻を掛けた。

「痛みますか」

「ええ……、まだ中に何かあるようで……」

「済みません。眠れますか」

囁くと、彼女はまた肌を密着させて頷き、やがて二人は目を閉じて眠りに就いたのだった……。

五

(弱ったな……。出さないと気が治まらない……)

目を覚ました末吉は、加代の温もりを感じながら淫気を高めてしまった。

まだ明け七つ（午前四時）頃だろう。

朝立ちの勢いもつき、どうにも抜かないと今日一日が始まらないような気さえしてきた。

それほど、美女との初体験が感動的で、今も全裸の加代が隣で寝息を立てているのである。

僅かに開いた唇に鼻を押しつけて嗅ぐと、乾いた唾液の香りに混じり、一夜経って濃厚になった果実臭の息が、悩ましく鼻腔を刺激してきた。

美女というのは、どうして良い匂いがするのか不思議であった。

このまま加代の吐息でこっそり抜いてしまおうと思い、彼は搔巻の中で一物をしごきはじめた。

すると、彼の荒い息遣いに気づいたように、加代も目を覚ましてしまった。

「あ……、末吉、何を……？」

「い、いえ、自分で手すさびを……。朝から、また情交するのもお辛いでしょうから……」

言うと、加代も好奇心を湧き起こしたように、そろそろと彼の股間に手を伸ばしてきた。

末吉が手をどけると、加代は恐々と一物に触れ、汗ばんで柔らかな手のひらにやんわりと包み込んでくれた。そしてニギニギと無邪気に愛撫してくれると、一物は快感にヒクヒクと震えた。

「ああ……」

「心地よいのですか」

「ええ、とても……」

末吉は答え、彼女の愛撫に身を任せた。

慣れた自分の手と違い、ぎこちないぶん新鮮で、ときに予想もつかない動きもして意外な部分が感じたりした。

「見たいわ……」

加代も完全に目を覚まして言い、掻巻をめくって身を起こしていった。

末吉は仰向けの受け身体勢になり、羞恥快感に胸を高鳴らせながら大股開きになった。

加代も物怖じせず真ん中に陣取って腹這い、彼の股間に顔を寄せてきた。

そして好奇心いっぱいに熱い視線を注ぎ、恐る恐る一物やふぐりに指を這わせてきた。

「こんなに太くて大きなものが、私の中に……」

彼女が言うと、生温かな息が感じられ、またピクンと肉棒が震えた。

加代はふぐりを少しいじってから、一物に指を這わせ、張りつめた亀頭にも触れてきた。

「ああ……、いきそうです……」

末吉は、急激に高まって喘いだ。

「いくとは、精汁が出るということですか」

加代が言う。それぐらいの知識はあるようだった。

「ええ、構いません。出ればすっきりするのでしょう。このような動きで構いませんか」

彼女は言いながら亀頭を撫で、ときに手のひらに包み込んで動かしてくれた。

「どうか、お口で……」

末吉は快感に乗じ、図々しくせがんでしまった。

「まあ……、でも、私もしてもらったのだし……」

加代も少したためらったようだが、やがて口を寄せてきた。そして舌を伸ばし、鈴口から滲む粘液をチロリと舐め取った。

「アア……、気持ちいい……」

末吉が快感に喘ぐと、特に不味くもなかったか、それに彼が悦ぶのが嬉しいように、さらに加代はヌラヌラと亀頭を舐め回し、パクッと口に含んでくれたのだった。

「も、もっと深く……」

言うと加代も精一杯モグモグと呑み込み、熱い鼻息で恥毛をそよがせた。

濡れた唇が幹を丸く締め付け、口の中ではクチュクチュと舌がからみついて、たちまち一物は美女の清らかな唾液に浸った。

「ああ……、い、いきそう……」

末吉は高まりながら、思わずズンズンと股間を突き上げた。すると加代も、それに合わせて顔を小刻みに上下させ、スポスポと強烈な摩擦を開始してくれたのだった。

たちまち末吉は昇り詰め、大きな快感に全身を貫かれた。

「く……！」

呻きながら、熱い大量の精汁をドクンドクンと勢いよくほとばしらせ、美女の喉の奥を直撃してしまった。

「ク……、ンン……」

加代は噴出を受けながら呻き、それでも吸引と舌の動きを続行してくれ、受け止めてくれた。

末吉は、脈打つように射精しながら、美女の最も清潔な口を汚すという禁断の快感に身を震わせ、とうとう最後の一滴まで出し尽くしてしまった。

「ああ……」

精根尽き果てたように声を洩らし、硬直を解いてグッタリと身を投げ出した。

すると加代も動きを止め、亀頭を含んだまま口に溜まった大量の精汁を、一息にコクンと飲み干してくれたのだ。

「あう……」

嚥下とともに口腔がキュッと締まり、駄目押しの快感に彼は呻いた。

やはり眠っている間に無意識に飲んでもらった時とは、感激と快感の度合いが格段に違っていた。

ようやく加代がチュパッと口を引き離し、なおも余りをしごくように指で幹をニギニギした。そして鈴口に脹《ふく》らむ白濁の雫まで、丁寧にペロペロと舐め取ってくれたのだった。

「く……、どうか、もう……」

末吉は過敏に反応して呻き、腰をよじりながら降参した。

加代も舌を引っ込め、チロリと舌なめずりした。

「温かくて、生臭い……。でも嫌じゃないわ……」

彼女が言い、身を起こした。やはり眠ったまま飲み込んだ記憶が、心のどこかに残っているのかも知れない。

末吉は彼女を抱き寄せ、温もりと吐息を感じながら心ゆくまで余韻を嚙み締めたのだった……。


――やがて日が昇りはじめたので、二人は顔を洗い、厠《かわや》を使って着替え、朝《あさ》餉《げ》を済ませると宿を出た。

宿の女将が、月光寺までの道のりを教えてくれたので二人で向かった。

尼寺の月光寺は深川の町の方ではなく、昨日弥一郎たちに襲われた野原を通過し、さらに寂しい方だった。

「本当に尼になるのですか」

「ええ……、でも、もう男を知ってしまいましたし、少し考えたいです……」

末吉が訊くと、加代も答えた。

彼に出会い、迷いはじめているようだが、少しぐらいなら月光寺に滞在させてくれるだろう。

「末吉は、これからどうするのです？」

「私は、加代様を送り届けたら、住み込みの奉公先を探します」

「そう、でもまたいつでも会えるでしょうね」

「はい、そのつもりです。ああ、あそこらしいですね」

彼方に寺が見えてきて、末吉は指して言った。

門から入り、庫裡《くり》の方を訪うと、すぐに一人の若い尼が出てきた。

末吉より若い感じで、あまりの美しさと気品に思わず目を見張ってしまった。

来訪の趣を言うと、すぐに二人とも通してくれ、やがて三十代半ばほどの庵主が応対してくれた。

庵主は、春恵《しゅんけい》と名乗った。

加代と末吉も名乗り、昨夕からの事情と、加代は避難していた寺の住職からの紹介だと告げた。

「左様ですか。承知しました。ではご位牌はお預かりしましょう」

春恵は物静かに言い、加代の二親の位牌を受け取った。

末吉は、この庵主の美貌にも驚き、世の中には何と美女ばかりいる尼寺があるものだと思った。

「では、尼になるならぬは急いで決めずとも構いません。しばし滞在して、よくお考えなさい」

春恵は優しく言い、そして末吉に目を向けた。

「皆川藩のご領内のお生まれならば、私どもともご縁はあります。さきほどの小《さ》夜《よ》さんも皆川藩ゆかりの方ですので」

「そうなのですか……」

末吉は答えた。どうやらこの寺は春恵と小夜の二人きりのようだった。

「それで、末吉さんはどうなさいます？」

「私は、昨日江戸に出てきたばかりで、右も左も分かりません。奉公先を探すため、口入れ屋でもお教え願えれば」

「ここで寺男をするのはいかがでしょう」

春恵が言い、思わず末吉は顔を上げ、加代も驚いて二人の顔を見比べた。

「あ、尼寺に男がいて構わないのですか……」

「男手が要ることもありますし、加代さんも、どうやら末吉さんと離れたくないご様子ですので」

春恵はすでに二人の仲を見抜いているように、笑みを含んで物静かに言った。

「もしお許し願えるのでしたら、では私もお世話になりたいです」

末吉が深々と頭を下げて言うと春恵は頷き、加代も嬉しげに笑みを洩らしたのだった。

第二章　尼の熟《う》れ肌に包まれて

一

（見られている。やっぱり怪しまれているのかな……）

末吉は、薪割りをしながら背後の気配を感じて思った。

振り返らなくても分かる。彼の様子を窺《うかが》っているのは、庵主の春恵だ。

そして彼もまた、春恵がただの尼僧ではなく、物腰や所作からして、かつては武家育ちだったことを察していた。腕前は平凡の域を出ないだろうが、薙刀や小太刀ぐらい遣《つか》うようだった。

加代は、小夜とともに本堂に座し、あらためて二親を弔《とむら》う読《ど》経《きょう》を上げてもらっていた。

末吉は、離れの一室を与えられ、境内《けいだい》の掃除や薪割りに専念していた。

加代も、やがて炊事洗濯を手伝うことになるのだろう。

二人の尼僧は仏事の他、近在の子供たちに手習いを教えて生計《たつき》を得ているようだが、どうやら皆川藩の庇護《ひご》もあるらしい。

と、割った薪が後ろの方へ飛んだ。

末吉は気にせず、そのまま他の薪を割りはじめた。すると後ろで春恵がそれを拾い、彼に投げつけてきたのだ。

「う……」

薪を背中に受け、末吉は呻《うめ》いた。

「まあ、ごめんなさい。そちらへ投げ返そうと思ったのですが」

春恵が来て言い、彼の背をさすってくれた。甘ったるい匂いが揺らめき、末吉の股間に響いてきた。

女というものは、いったん知ると次から次へ、他の女はどうだろうかと欲求が広がってしまうものらしい。

「い、いいえ……」

むろんわざと避けなかった末吉は、気弱そうに答えた。すると春恵は落ちた薪を拾い、またいきなり彼の脳天に打ち付けてきたのである。

末吉が息を呑んで肩をすくめると、薪はピタリと当たる寸前で停まった。

「本気で打たぬと知ったから避けないのですね」

「め、滅相も……、何のことやら……」

「筑波の出と聞いて、思い当たるものがありました。それに昨夕、三人の旗本を追い払ったとか。加代さんは気を失って見ていなかったようですが、そんなことが出来るものでしょうか」

春恵が顔を寄せ、じっと彼の目の奥を見つめて言った。どうやら武技は平凡でも、人を見る目は長《た》けているようだ。

「有《あ》り体《てい》に申し上げねば、置いてもらえませんか。ならばお話し致しますが」

末吉も、庵主なら秘密は守ってくれるだろうと思って言った。

すると、そのとき境内に多くの子供たちが入って来たのだ。

「夜にでも、お聞かせ願いましょう」

春恵は言い、子供たちを庫裡《くり》に迎えた。やがて読経が済めば、小夜と加代も手習いを手伝いのだろう。

末吉は、残りの薪割りを済ませ、集めて湯殿の窯場へと運んでいった。

「ひっ……」

そして井戸から水を汲んで、風呂桶と厨の水瓶に溜め、竈《かまど》に火を起こして昼《ひる》餉《げ》の仕度もはじめた。

働くことは嫌いではないし、小柄な体躯に似合わず力もある。むしろ、素破《すっぱ》の訓練などより生活のために働く方が楽しかった。

だから甲斐甲斐しく掃除もし、厠《かわや》掃除も美しい尼僧二人が使っていたと思うと香りすら愛しく感じられたものだった。

やがて昼になると子供たちもみな帰ってゆき、尼僧二人と加代と末吉は昼餉を囲んだ。

小夜は十七ということだった。皆川藩にゆかりと聞いているが、それがどのようなものかは分からない。

加代も、二つ下の小夜とすっかり打ち解け、やはり避難所の寺にいるよりずっと楽しいように生き生きとしていた。

午後も、末吉はあちこちの掃除をした。

何人か、近在の農家の者たちが米や野菜を持ってきたが、手習いの子供たちの親のようだった。

やがて風呂を沸かし、日が傾くと夕餉を済ませた。

加代と小夜が順々に入浴を済ませ、次々と部屋で休んだようだ。寺は朝が早いので、夜も早いのだろう。

「末吉さん、お風呂を使いなさい」

春恵が、彼の部屋に来て言った。すでに行燈《あんどん》の火が点き、床も敷き延べられている。

「いえ、どうか庵主様がお先に」

「私はいつも最後と決めていますので」

「そうは参りません」

「本当に良いのですよ」

「では、昼間のお話の続きを」

「お風呂のあとに致しましょう。さあ」

強くすすめられ、末吉も恐縮しながら先に使わせてもらうことにした。

脱衣所で着物を脱ぎ、繻袢《じゅばん》と下帯は盥《たらい》に浸け、持っていた着替えの分を出してから湯殿に入った。

湯を浴びてから、借りた糠袋《ぬかぶくろ》で身体を擦り、隅々《すみずみ》まで綺麗にして湯に浸かると今までの疲れが取れるようだった。

そして、この湯に加代と、あの清らかで神聖な小夜も浸かったと思うとムクムクと一物が硬くなってきてしまった。しかも湯殿にも、まだ二人の甘い残り香が感じられるのである。

素破は、五感が通常の人以上に研ぎ澄まされている。特に彼の耳と鼻は、良く利いた。

やがて、さっぱりして湯を出ると身体を拭き、洗濯済みの下帯を着け、春恵が用意してくれた寝巻を着て部屋に戻った。

すると、そこにまだ春恵が待っていたのである。

「その浴衣、十九郎殿という皆川藩ご典医が置いていったものです」

春恵が言う。

「はあ、その方は？」

「小夜さんと懇《ねんご》ろになりましたが、藩命で国許へ行ってしまいました」

「え、そうなのですか……」

あの清らかな小夜が、すでに生娘《きむすめ》ではないようで、我知らず末吉は胸が痛んでしまった。

「それより、実は私は」

末吉は布団に座り、自分のことを話そうとした。

「素破の里の出なのですね？　聞いたことがありました」

するると春恵が、物静かに言った。

「はい。あの辺り一帯に幾つかの素破の里がありましたが、私は親が死んで一人となったので江戸へ来ました。遺言で、決して力は見せず、平穏に暮らせとのことでしたので」

「やはり、左様ですか。ならば、破落戸《ごろつき》まがいの旗本たちから加代さんを守れたことにも得心がゆきました。して、昨夜のうちに、すでに結ばれてしまったのですね？」

「は、はい……、申し訳ありません……」

春恵の、観音様のように澄み切った眼差しで見つめられると、どうにも末吉は嘘がつけなかった。

嘘をつくのも素破の術の一つなのに、加代の肉体で女を知ってから、なおさら女とは素晴らしく神秘なものであるという感が強くなっているのだろう。

これでは、女の素破に対したら呆気なく完敗するに違いない。

「謝ることはありません。加代さんはまだ尼ではないし、小夜さんでさえ私は情交を許していたのですから」

「そうですか。それで、小夜さんとは皆川藩の何に当たるのでしょう」

「双子の姫君です」

「え……」

言われて、末吉は目を丸くした。

姫君が尼僧であることにも驚きだが、さらに情交までしていたことに彼は混乱しそうだった。

「姉君が照姫《てるひめ》様と言い、浜町の中屋敷におります。双子とは不思議なもので、離れていても喜怒哀楽や、快楽と苦痛が伝わり合うようですが、素破にもそのような術は？」

「ええ……、気の研ぎ澄まされたものには、無声伝心の術というのがあるようですが、私などにはとても……。では、小夜様の快楽を照姫様が感じて……？」

「その通りです。ですから結局、同じ快楽を得たいと照姫様は十九郎殿と」

「ははあ……、双子の両方と……」

何と羨ましい、と彼は思った。

「しかし、十九郎殿は藩命で殿の居る国許へ赴《おもむ》きました」

「はあ、それは御典医ならば仕方ありませんね。そのために医師になったのでしょうから」

「はい。ですから、小夜さんも照姫様も、少々気鬱です。そこで末吉さんが、加代さん一筋という操をお持ちでなければ、どうかお二人を慰めて頂きたいのですが……」

「え……？」

末吉は、驚きの連続に軽い目眩《めまい》すら起こしてしまった。

二

「し、しかし私などでよろしいのでしょうか。他にお若く優れた藩士の方が」

「若い藩士は、みな国許の治水工事へ赴いております。それに、かえって当藩と関わりのない人の方が」

末吉の言葉に、春恵が淀《よど》みなく答えた。

関わりなき余所人の方が、あとで始末が付けやすいとでも言うのだろうか。

彼は邪推したが、それを察したように春恵が笑みを浮かべた。

「私は、これでも人を見る目がございます。誠実で口が固く、そして淫気の旺盛な人とお見受けしたからお願いしているのです」

「はあ……」

「実際、十九郎殿の話をしたとき、羨ましいと思われたでしょう」

「……」

言われて末吉は絶句した。この春恵こそ、心の奥を見透かす力を持っているのではないかと思った。

「いかがでしょう」

「はい……。お世話になるのですから、私に出来ることは何でも致します」

末吉は、妖しい期待に胸と股間を熱くして答えた。

「それはようございました。あとは加代さんに知られぬよう采配致しますので」

春恵が言う。

出来れば双子の姫君の淫気を鎮めるだけが目的で、恋情などとは関わりない余所人の方が良いのかも知れない。小夜はともかく、照姫はいずれ然るべきところへ嫁ぐのだろうから。

「では明日にも」

「そ、その前に……」

「何でしょう」

「加代さんは生娘でしたから、無垢《むく》な私でも探り合いながら致せましたが、すでに他の男で快楽を得ている姫君たちを相手にするには、私はまだあまりに未熟ですので……」

「なるほど。私が検分すればよろしゅうございますか？」

何やら思惑通りに事が運び、末吉はドキリと胸を高鳴らせた。

願わくば、このように熟《う》れて美しい人に手ほどきを受けたいと思っていたのである。

「庵主様にお願いするのは畏《おそ》れ多いですが、どうか、お願い致します」

「構いません。では急いで湯殿に」

「いえ、お待ちくださいませ。私もまた、より多くの女の方の自然のままの味や匂いを検分致したいので、どうか今のままで……」

言うと、春恵は少女っぽくクスッと肩をすくめて笑った。

「何やら、十九郎殿そっくり」

「え……、そうなのですか……」

「ええ、どうも淫気の強い殿方は、匂いの濃い方を好むようですね」

春恵は言いながら立ち上がり、帯を解いて法衣《ほうい》を脱ぎはじめてくれた。

「さあ、末吉さんもお脱ぎを」

言われて、彼も慌てて帯を解いて浴衣を脱ぎ去り、下帯を解いていった。

むろん一物ははち切れんばかりに、ピンピンに突き立っていた。

横になって待つと、春恵も頭巾《ずきん》を取り去り、腰巻も脱いでたちまち一糸まとわぬ姿になって添い寝してきてくれた。

末吉も淫気と興奮を高め、甘えるように腕枕してもらった。

青々と剃髪した頭が何とも新鮮で、逆に黒々とした濃い腋毛と恥毛が艶《なま》めかしかった。

滑らかな熟れ肌は透けるように白く、乳房も腰も太腿も実に豊満だった。

しかも衣の内に籠もっていた熱気が、甘ったるい体臭を含んで揺らめき、悩ましく彼の鼻腔《びくう》をくすぐってきた。

「さあ、まずは存分に、お好きなように……」

春恵が囁《ささや》き、末吉も目の前にある腋の下に鼻を埋め込み、豊かな乳房に手を這わせていった。

柔らかな腋毛は生ぬるく湿り、何とも甘ったるい汗の匂いが馥郁《ふくいく》と胸の奥まで刺激してきた。

これほどまでに清らかで美しい尼僧でも、しっかりと生身の体臭を籠もらせていることに感激した。やはり夢まぼろしではなく、同じ世界にいて触れられることが嬉しいのだ。

美女の濃厚に熟れた匂いで、うっとりと胸を満たして酔いしれながら、柔らかな膨《ふく》らみを探った。

指の腹で乳首をいじると、それはコリコリと硬くなってきた。

やはり敬虔《けいけん》な尼僧でも、触れれば感じるのだ。

いや、あるいは十九郎という典医は、双子の姫君のみならず、この春恵とも情を通じていたのかも知れない。

何とも、羨ましくも妬《ねた》ましいことであるが、自分がその後釜に納まれるのなら願ってもないことだった。

やがて末吉は充分に美女の匂いを堪能し、そろそろと膨らみへと顔を移動させていった。乳首は淡い桜色で、乳輪も微妙な色合いで周囲の白い肌に溶け込んでいた。

乳首を含み、顔中を膨らみに押し付けると、加代とは比べものにならない大きさと柔らかさが彼を包み込んだ。

舌で転がしながら、もう片方の乳首を指で探ると、

「ああ……」

春恵が小さく喘《あえ》ぎ、仰向けになっていった。

末吉も自然にのしかかる形になり、左右の乳首を交互に含んで舐《な》め回し、さらに滑らかな熟れ肌を舐め下りていった。

白い腹部には腰巻の紐の痕がくっきりと印され、舌を這わせると淡い汗の味が感じられた。

形良い臍《へそ》に鼻を押しつけて嗅ぐと、やはり汗の匂いが籠もり、腹部の弾力が顔中に伝わってきた。

ピンと張り詰めた下腹から腰、そして量感ある太腿へと舌で下りていった。

やはり肝心な部分に行くと、すぐ入れて終わってしまいそうなので、最後に取っておきたかったのだ。

脚を舐め下り、膝から脛までたどって足首まで行くと、彼は足裏に回って顔を押し付け、踵《かかと》から土踏まずを舐め回した。

指の股に鼻を割り込ませて嗅ぐと、やはりそこは汗と脂にジットリ湿り、生ぬるく蒸れた匂いが濃く沁み付いていた。

末吉は美女の足の匂いを貪《むさぼ》り、爪先にしゃぶり付いて順々に指の間にヌルッと舌を挿し入れて味わった。

「あう……、くすぐったい……」

春恵がビクッと反応して呻き、彼の口の中で唾液に濡れた指を縮めて舌を挟み付けてきた。末吉はしゃぶり尽くすと、もう片方の足も味と匂いが薄れるまで貪り、ようやく顔を上げた。

「あの、うつ伏せになって頂けますか……」

「こうですか……」

言うと、春恵も素直に寝返りを打ち、豊満な尻と白い背中を向けて腹這いになった。

やはり、これほど神々《こうごう》しい美女となれば、余すところなく隅々まで賞味したかったのだ。末吉は彼女の踵から脹《ふく》ら脛《はぎ》を舐め上げ、汗ばんだヒカガミからムッチリした太腿、尻の丸みを舌でたどっていった。

滑らかな腰から背中を舐めると、やはり汗の味が艶めかしかった。

「く……」

背中も案外感じるようで、春恵はピクッと肌を震わせ、顔を伏せて呻いた。

肩まで行ってうなじを舐め、ほんのりざらつきのある頭にも頬を当て、耳の裏側を嗅いでみた。

どこもうっすらと上品に汗の匂いが籠もり、そのまま首筋から背中を舐め下りていった。

そして再び豊満な尻に戻ると、彼は春恵を俯せのまま脚を開かせ、真ん中に腹這いになって顔を寄せた。目の前いっぱいに、巨大な白桃のような尻が迫り、指で谷間を広げると、薄桃色の蕾がひっそり閉じられていた。

綺麗に揃った襞に鼻を埋め込んで嗅ぐと、尻の丸みが顔中に心地よく密着してきた。

やはり汗の匂いに混じり、秘めやかな匂いが鼻腔を刺激してきた。

末吉は双丘の谷間に鼻を押しつけて美女の匂いに酔いしれ、舌を這わせて襞を濡らした。

潜り込ませるとヌルッとした粘膜に触れ、

「アアッ……」

春恵が喘ぎながら、キュッと肛門で舌先を締め付けてきた。

末吉は出し入れさせるように舌を蠢《うごめ》かせ、充分に味わってから顔を上げた。

再び仰向けになってもらい、片方の脚をくぐると、彼の目の前で美しい尼僧が大股開きになった。

彼は顔中を悩ましい熱気と湿り気に包まれながら、熟れた陰戸《ほと》に目を凝《こ》らし、そっと指を当てて陰唇を広げたのだった。

三

「ああ……、恥ずかしい……」

末吉の熱い視線と息を股間に受け、春恵が声を震わせて喘いだ。

陰戸の内部は綺麗な桃色の柔肉《やわにく》で、溢れる蜜汁にヌメヌメと熱く潤《うるお》っていた。

しかも興奮に色づいた陰唇から流れた淫水が、内腿との間に糸まで引いているので、かなり感じやすく汁気も多い方なのだろう。

濡れた陰唇に指を当てて開こうとするとヌルッと滑り、奥へ当て直して左右に広げた。

妖しく息づく膣口の襞には、白っぽく粘つく粘液がまつわりつき、光沢あるオサネは加代より大きく、小指の先ほどもあった。

さすがに生娘と違い、熟れた花弁は実に艶めかしいものだと思い、そのまま彼は顔を埋め込んでいった。

黒々と艶のある茂みに鼻を擦りつけて嗅ぐと、やはり汗とゆばりの匂いが生ぬるく入り混じり、馥郁と鼻腔を刺激してきた。

(これが、大人の女の匂い……)

末吉は、ふっくらとして温かな体臭を貪りながら思い、舌を這わせていった。

陰唇の間に差し入れて膣口を舐めると、淡い酸味のヌメリが舌の動きを滑らかにさせ、柔肉をたどってオサネまで舐め上げると、

「く……!」

春恵が呻き、キュッときつく彼の両頬を内腿で挟み付けてきた。

末吉は豊満な腰を抱え込み、悩ましい匂いで胸を満たしながら蜜汁をすすり、執拗にオサネを舐め回した。上の歯で包皮を剝き、完全に露出した突起に吸い付くと、

「ああッ……! いい気持ち……」

春恵が身を弓なりに反らせて喘ぎ、内腿に力を込めて硬直した。

彼は吸いながら指を膣口に潜り込ませ、温かく濡れた内壁を小刻みに擦った。

「ま、待って……、いきそう……」

と、彼女が声を上ずらせて両膝を閉じようとし、末吉の顔を股間から追い出しにかかった。

どうやら早々と果てるのを惜しみ、どうせならさらに大きな快楽を得たくなったのかも知れない。

末吉が身を離して添い寝すると、入れ替わりに春恵が身を起こし、彼の身体に覆いかぶさってきた。まずは末吉の乳首に吸い付き、熱い息で肌をくすぐりながら舐め回した。

「ああ……」

仰向けになって受け身に転じた末吉は、美女の愛撫に身を委《ゆだ》ねた。

春恵は左右の乳首を交互に舐め回し、たまにチュッと艶めかしく音を立てて吸い、そっと歯も当ててくれた。

「アア……、もっと強く……」

思わずせがむと、彼女もキュッと力を込めて乳首を噛んでくれた。

「ああ……、気持ちいい……」

末吉は甘美な痛み交じりの刺激にクネクネと身悶え、屹立《きつりつ》した一物を震わせて喘いだ。

やがて春恵は若い男を賞味するようにゆっくりと肌を舐め下り、時に歯を立てて股間に移動していった。大股開きにさせた真ん中に腹這い、まずは彼の両脚を浮かせて尻に舌を這わせた。

熱い息を籠もらせ、チロチロと肛門を舐めて濡らしてから、ヌルッと潜り込ませてくると、

「く……」

彼は畏れ多いような快感に呻き、モグモグと肛門を締め付けて美女の舌先を味わった。春恵が内部で舌を蠢かせると、内側から刺激されたように一物がヒクヒクと上下した。

やがて舌を引き抜いて脚を下ろすと、そのまま彼女はふぐりを舐め回し、睾丸を転がして生温かな唾液で袋をまみれさせた。

そして身構える間もなく、春恵の舌先が肉棒の裏側をゆっくり舐め上げ、先端に達してきた。

チロチロと鈴口を舐め回し、滲んだ粘液を拭い取り、さらに張りつめた亀頭にも舌が這い回った。

たまに春恵が、チラと目を上げて彼の反応を窺っていた。

末吉も恐る恐る見ると、彼女は何とも艶めかしく、また神々しい表情でしゃぶり付いていた。男の快楽の中心部を、まるで感謝を込めて賞味しているように清らかな顔だ。

亀頭が唾液にまみれると、春恵は丸く開いた口でスッポリと一物を呑み込み、根元まで深々と含んでチュッと吸い付いてきた。

「アア……」

末吉は快感に喘ぎ、美女の温かく濡れた口の中で幹を震わせた。

彼女も幹を締め付け、上気した頰をすぼめて吸い、熱い鼻息で恥毛をくすぐりながら、口の中ではクチュクチュと満遍なく舌がからみついてきた。

彼が快感に包まれながら無意識にズンズンと股間を突き上げると、春恵も顔を上下させ、スポスポと強烈な摩擦を繰り返してくれた。

「い、いきそう……」

絶頂を迫らせた末吉が口走ると、春恵もスポンと口を引き離した。

「どうなさいます？　上になりますか」

春恵も、待ちきれない様子で息を弾ませて言った。

「どうか、上から……」

末吉が答えると、彼女もためらいなく身を起こして茶臼《ちゃうす》（女上位）で一物に跨《また》がってきた。幹に指を添え、先端に股間を合わせて腰を沈み込ませながら膣口に受け入れていった。

たちまち屹立した一物は、ヌルヌルッと滑らかに肉襞の摩擦を受けながら根元まで呑み込まれた。

「アアッ……、いい……」

春恵が完全に座り込み、顔を仰《の》け反《ぞ》らせて喘いだ。

末吉も、温かく濡れた肉壺に包まれてキュッと締め付けられながら、懸命に肛門を締め付けて暴発を堪えた。

何という快感だろう。しかも彼女が上なので、いかにも熟れた美女に手ほどきを受けているという感覚が得られた。

春恵は密着した股間をグリグリと擦りつけ、味わうように収縮させてから、ゆっくりと身を重ねてきた。

末吉も両手を回してしがみつき、彼女の温もりと重みを受け止めた。僅《わず》かに両膝を立てると、密着した局部のみならず、尻の丸みや内腿の感触も伝わってきた。

「なるべく我慢して……」

まだ動かず、春恵が近々と顔を寄せて囁いた。

熱く湿り気ある吐息は白粉《おしろい》のように甘い刺激を含み、やはり生娘とは違い熟れた芳香だった。

そのまま彼女の唇がピッタリと重なり、鼻が交差して舌が侵入してきた。

歯を開いて受け入れると、春恵の長い舌がヌラヌラと慈しむように彼の口の中を舐め回した。

末吉も舌をからめ、美女の滑らかに蠢く舌を味わった。

それは生温かく濡れ、さらに彼女が下向きのため舌を伝って清らかな唾液がトロトロと滴ってきた。

「もっと、唾を……」

唇を触れ合わせたまま囁くと、春恵も興奮に乗じ、すぐにも大量に分泌し、口移しに注ぎ込んでくれた。

末吉は小泡の多いトロリとした粘液を味わい、うっとりと酔いしれながら飲み込んで喉を潤した。

そして小刻みに股間を突き上げると、

「ンンッ……」

春恵は熱く鼻を鳴らし、合わせて腰を遣いはじめてくれた。

次第に互いの動きが一致し、果ては股間をぶつけ合うように激しい律動になっていった。

「い、いく……」

「待って……、もう少し……」

弱音を吐くと春恵が止めたが、もう間に合わず末吉は大きな快感の渦に巻き込まれ、同時に熱い大量の精汁を勢いよく肉壺の奥に向けてドクドクとほとばしらせてしまった。

「あう……、熱い……、いく、アアーッ……！」

すると噴出を感じた途端、春恵も声を上ずらせて喘ぎながらガクンガクンと狂おしい痙攣を開始した。どうやら奥深い部分に精汁の直撃を受け、それで気を遣《や》ってしまったようだった。

同時に膣内の収縮も最高潮になり、彼は快感の中、最後の一滴まで心置きなく出し尽くしてしまった。

そのまま突き上げを弱めて力を抜いていったが、まだ膣内の収縮が続き、過敏になった一物が内部でヒクヒクと跳ね上がった。

「ああ……！」

春恵も満足げに声を洩らし、そのまま力尽きたようにグッタリともたれかかり体重を預けてきた。

末吉は重みを受け止め、甘くかぐわしい吐息を間近に嗅ぎながら、うっとりと快感の余韻に浸り込んでいったのだった……。

四

「春恵様から伺っておりますね？」

翌日の昼過ぎ、小夜が物静かに末吉に言った。

今朝も早くから起き、春恵と小夜は朝の読経をし、加代と末吉も庫裡や境内の掃除に勤しんだ。

そして昼まで子供たちに手習いを教え、昼餉を済ませると、加代は春恵に連れられて町へ買い物に出たのだった。

すると末吉は、小夜の部屋に呼ばれたのである。

すでに床が敷き延べられ、彼は期待と興奮にゾクゾクと胸を震わせた。

「は、はい……」

末吉は平伏して答えた。

何しろ、生まれ育った土地を納めている領主の姫君なのだ。今までは武家など意識したこともなかったが、あらためて接すると、その高貴な気品に圧倒される思いだった。

「ならば、どうか。二人が戻るまでには、まだ一刻（約二時間）余りの間がありましょう」

小夜が、上品な物言いとは裏腹に、すぐにも法衣を脱ぎはじめたのである。

まだ、ろくに互いのことなど話してもいないのに、いきなり情交で良いものだろうかと思ったが、かえって自分が快楽の道具のように扱われることに、彼は言いようのない興奮を覚えた。

彼女が脱いでゆくと、優雅な衣擦《きぬず》れの音とともに甘い匂いが揺らめいた。

末吉も立ち上がり、帯を解いて着物を脱ぎ、下帯も取り去って全裸になった。

もちろん掃除を終えた昼餉のあとに、井戸端で身体は洗い流していた。

小夜も頭巾と腰巻を脱ぎ去り、何とも清らかな裸体を晒して、布団に仰向けになった。

剃髪した頭は、美しく整った顔立ちとともに艶めかしく、均整の取れた十七歳の肉体も実に輝くようだった。

加代より二つ年下、末吉より一つ下の美少女だ。

胸に膨らみも、やや上向き加減で形良く、乳首と乳輪は初々《ういうい》しい薄桃色をしていた。

白く滑らかな肌が息づき、股間の翳《かげ》りも薄墨のように霞んでいた。

大藩の姫君を、素破風情が触れて良いものなのだろうか。そんなためらいも、禁断の興奮となって彼は激しく勃起した。

小夜は目を閉じて身を投げ出しているから、好きにして良いと言うことなのだろう。

末吉は、恐る恐る彼女の足の方に向かって屈み込み、可愛い足裏へと顔を押し当てていった。

何やら自分が最初に触れるのは、足裏が最も相応しい気がしたのである。

舌を這わせても、小夜は拒まず、じっとされるままになっていた。

彼は形良く揃った細い指に鼻を割り込ませて嗅ぎ、ほんのりと蒸れた匂いを貪った。

もちろん読経ばかりでなく、小夜もまた掃除や炊事を手伝っているので、かなり動き回っているだろうに、匂いは他の誰より薄かった。

足裏を舐め回してから爪先にしゃぶり付き、桜色の爪を舐め、順々に指の股に舌を潜り込ませて味わった。

「く……」

小夜が小さく呻き、ピクリと足を震わせて反応した。

末吉も全ての指の股を味わい、もう片方の足も味と匂いを心ゆくまで堪能し、やがて腹這いになって脚の内側を舐め上げていった。

藩士の誰が、こうした行為を想像することだろう。

顔を進めていくと、自然に小夜の両膝も開いた。

白く滑らかな内腿を舐め上げ、陰戸に目を凝らすと割れ目からは綺麗な色合いの花びらがはみ出し、心なしか潤っていた。

そっと指を当てて陰唇を広げると、中も初々しい桃色の柔肉。

花弁状に襞の入り組む膣口は、まだ生娘と紛《まが》うばかりに可憐な形状で、ひっそりと息づいていた。

昼過ぎの日が射し込んでいるので、ポツンとした尿口の小穴もはっきり見え、包皮の下から顔を出すオサネも、ツヤツヤと綺麗な光沢を放ってツンと突き立っていた。

末吉はうっとりと見惚れ、花の香りに吸い寄せられるように顔を埋め込んでいった。

楚々《そそ》とした若草に鼻を擦りつけて嗅ぐと、柔らかな感触が伝わり、ほのかに生ぬるく甘ったるい汗の匂いと残尿臭の微香が入り混じって、悩ましく胸を掻き回してきた。

舌を這わせ、陰唇の内側のヌメリを味わいながら、膣口の襞を掻き回し、オサネまで舐め上げていくと、

「アア……」

小夜がビクッと顔を仰け反らせて喘ぎ、内腿でキュッと彼の両頬を挟み付けてきた。

末吉は腰を抱えてチロチロと舌先で弾くようにオサネを刺激しては、新たに溢れてくる淡い酸味の蜜汁をすすった。

さらに彼女の腰を浮かせ、白く丸い尻の谷間にも迫った。

そこには薄桃色の蕾がひっそり閉じられ、鼻を埋めると、ひんやりした双丘が心地よく顔中に密着してきた。

蕾には、やはり秘めやかな微香が馥郁と籠もり、彼は貪り嗅いでから舌を這わせ、襞を濡らしてヌルッと潜り込ませていった。

「く……」

小夜は嫌がることもなく、モグモグと肛門で舌先を締め付けながら小さく呻いて、彼も執拗に舌を蠢かせた。

末吉は滑らかな粘膜を味わい、御家人の加代も、庵主の春恵も、姫君と双子の小夜も、みなそれほど大きな違いはないのだなと思った。

充分に味わってから舌を引き抜き、陰戸に溢れる新たなヌメリをすすってから再びオサネに吸い付いた。

すると小夜が、腰を抱えた彼の手を握って引っ張った。

誘われるまま身を起こして前進すると、さらに彼女が大股開きになった。

入れてほしいようだ。

末吉も股間を進め、先端を濡れた陰戸に擦りつけ、本手（正常位）でゆっくりと挿入していった。

ヌルヌルッと心地よい肉襞の摩擦が幹を包み、たちまち彼自身は根元まで吸い込まれた。末吉は股間を密着させ、高貴な温もりと感触を味わいながら身を重ねていった。

生娘の加代と同じぐらいきつく、息づくような収縮が彼を高まらせた。

もちろん勿体《もったい》ないのでまだ動かず、彼は屈み込んで薄桃色の乳首に吸い付き、舌で転がした。

「アア……、いい気持ち……」

小夜が長い睫毛《まつげ》を伏せ、うっとりと喘いだ。

末吉は柔らかく張りのある膨らみに顔を押し付け、左右の乳首を交互に含んで舐め回した。

清らかな乳首はコリコリと硬くなり、舐めているだけで舌が心地よかった。

さらに小夜の腋の下にも鼻を埋め込み、生ぬるく湿った和毛《にこげ》に籠もる、甘ったるい汗の匂いを嗅いだ。

その悩ましい刺激に、膣内の一物がヒクヒクと歓喜に脈打った。

「ああ……、つ、突いて……」

小夜がキュッキュッと収縮させながら口走り、股間を突き上げてきた。

コリコリする恥骨が感じられ、合わせて末吉も徐々に腰を遣いはじめて摩擦に高まっていった。

そして白い首筋を舐め上げ、喘ぐ口に迫った。

形良い唇が開き、滑らかな歯並びが覗いている。そして熱く湿り気ある息が洩れ、鼻を寄せて嗅ぐと、やはり加代に似た甘酸っぱい果実臭がふんわりと鼻腔を刺激してきた。

すると彼女が下から両手を回し、末吉の顔を抱き寄せ、ピッタリと唇を密着させてきた。

小夜の舌が潜り込み、彼も受け入れながらヌラヌラとからめ、滑らかな舌触りと生温かな唾液の潤いを味わった。

末吉も舌を差し入れ、可憐な尼の口の中を舐め回すと、

「ンン……」

彼女も熱く鼻を鳴らし、チュッと強く舌に吸い付いてきた。

大量の蜜汁が溢れて動きを滑らかにさせ、揺れてぶつかるふぐりもネットリと濡れた。そして互いの動きが一致して勢いがつくと、ピチャクチャと淫らに湿った摩擦音も聞こえてきた。

末吉は小夜の唾液と吐息に酔いしれながら、とうとう我慢できず、そのまま大きな快感に貫かれ、昇り詰めてしまった。

五

「く……！」

末吉が突き上がる快感に呻き、ありったけの熱い精汁をドクンドクンと勢いよくほとばしらせ、奥深い部分を直撃すると、

「あぁーッ……！」

噴出を受け止めた小夜も、口を離して激しく喘いだ。

同時に、膣内を艶めかしく収縮させながら、ガクンガクンと狂おしく腰を跳ね上げた。

どうやら満足げに気を遣ってくれたらしい。

末吉は股間をぶつけるように突き動かし、締まる膣内の摩擦に酔いしれながら心置きなく最後の一滴まで出し尽くしていった。

小夜も両手で激しくしがみつき、何とも艶めかしい表情で顔を仰け反らせながらヒクヒクと痙攣した。

末吉は徐々に動きを弱めながら力を抜いてもたれかかり、小夜の喘ぐ口に鼻を押しつけ、上品な甘酸っぱい息を胸いっぱいに嗅ぎながら、うっとりと快感の余韻を噛み締めたのだった。

小夜もすぐにグッタリと身を投げ出していったが、まだ膣内の収縮は続き、そのたびに一物がヒクヒクと過敏に跳ね上がった。

「アア……」

小夜は声を洩らし、睫毛の間から熱っぽく彼を見上げた。気に入ってもらえたようで、末吉も安心したものだった。

しばし重なったまま互いに呼吸を整えていたが、やがて彼もそろそろと身を起こして股間を引き離していった。

そして懐紙を探したが、すぐに小夜が起き上がり、

「このまま湯殿へ……」

言ったので、彼も支えて立ち上がった。

全裸のまま部屋を出て湯殿に入ると、まだ風呂桶には昨夜の残り湯があった。

手桶に汲んで互いの身体を流し、念入りに股間を洗った。髪がないので彼女は頭から湯をかぶれて実に便利だ。

もちろん末吉は、一度済ませても、またすぐにムクムクと回復して元の硬さと大きさを取り戻してしまった。

何しろ小夜の濡れた肌が何とも艶めかしく、まして姫君と交わるという禁断の思いもあるので、もう一回出さないことには気が済まなくなったのだ。

彼は簀《す》の子《こ》に座り込み、目の前に小夜を立たせた。

「どうか、このように……」

末吉は言って、小夜の片方の足を風呂桶のふちに乗せさせ、股を開かせて顔を寄せた。

「ゆばりを放って下さい……」

彼は、羞恥と興奮に胸を震わせて言った。

どうにも、この清らかな尼の姫君から出るものを口や身体に受け止めてみたくなったのだ。

するど小夜は拒むでもなく、じっと息を詰めて下腹に力を入れ、懸命に尿意を高めはじめてくれたのだ。

藩士の十九郎が、このような行為を求め、彼女が応じることに慣れているとも思えないので、おそらく小夜は求められるまま、相手の要求を叶える慈悲の心を持っているのだろうと思った。

だから羞恥も戸惑いもなく、自分に出来ることなら従容《しょうよう》と行動を起こしてくれるのではないか。そうでなければ、このように突拍子もない願いを、ためらいなく無言で行ってくれるのだろう。

とにかく、駄目で元々と思っていた痴《し》れ者の要求を叶えてくれるらしいので、末吉は期待に激しく胸を高鳴らせ、一物を震わせながら陰戸に顔を埋め込んでいった。

濡れた恥毛に鼻を擦りつけて嗅いでも、残念ながら体臭の大部分は薄れてしまった。しかし内部に舌を這わせると、彼女も興奮を覚えたか、新たな蜜汁がヌラヌラと溢れはじめていた。

舐めていると、柔肉が迫り出すように盛り上がって蠢き、急に味わいと温もりが変化してきた。

「あう……、出ます……」

小夜が息を詰めて呻きながら小さく言い、同時にチョロチョロと温かな流れがほとばしってきた。

彼は激しく興奮しながら夢中で口に受け止め、恐る恐る喉に流し込んでみた。

しかし味も匂いも実に淡く控えめで、飲み込むにも何の抵抗もなかった。うっすらと香りの付いた白湯《さゆ》のようなものだ。

高貴な美女から出るものは、やはり清らかなのだなと改めて思い、末吉は心ゆくまで味わった。

すると勢いが増し、飲み込むのが間に合わなかった分が口から溢れ、胸から腹を心地よく伝い流れ、回復した一物を温かく浸してきた。

やがて勢いが急激に衰えると、割れ目内部が収縮し、あとはポタポタと滴るだけとなった。

末吉は残り香に酔いしれながら舌を這わせ、余りの雫をすすった。

「アア……」

小夜も小さく喘ぎ、全て出し切ってプルンと下腹を震わせた。

オサネを舐めると、たちまち新たな淫水が溢れて舌の動きが滑らかになった。

そして内部の残尿が洗い流されると、たちまち柔肉は淡い酸味のヌメリに満ちていった。

ようやく小夜は太い息を吐いて足を下ろし、木の椅子に座り込んできた。

「私も、飲みたい……」

「え……」

言われて、末吉はドキリと胸を高鳴らせた。すると彼女が一物を握り、顔の方へと引っ張ったのだ。

末吉は自然に身を起こし、風呂桶のふちに腰を下ろし、座っている小夜の顔の前で大股開きになった。

小夜も顔を寄せ、まずは一物を鼻で押し上げるようにして、ふぐりに舌を這わせてくれたのだ。袋を生温かな唾液にまみれさせ、二つの睾丸を転がして優しく吸った。

「ああ……」

末吉は快感に喘ぎ、彼女の鼻先でヒクヒクと幹を上下させた。ふぐりに感じる快感以上に、高貴な姫君、清らかな尼僧がしてくれているという状態に激しく高まった。

やがて小夜は舌で肉棒の裏側を舐め上げ、熱い息を股間に籠もらせながら先端に舌を這わせた。鈴口から滲む粘液をすすり、上品な口にパクッと亀頭をくわえて吸い付いた。

さらに喉の奥までスッポリと呑み込み、濡れた口で幹を丸く締め付けながら、内部ではクチュクチュと舌が蠢いた。

「き、気持ちいい……、いきそうです……」

警告を発するように言ったが、小夜は強烈な愛撫を止めず、むしろ顔を前後に動かし、スポスポと濃厚な摩擦を開始したのだ。

飲みたいと言うからには、このまま放って良いのだろう。

末吉も覚悟を決め、遠慮なく快感を受け止めて幹を震わせた。

小夜はしなやかな指も使って微妙にふぐりを探り、幹の付け根も優しく揉んでくれた。

そしてスポンと口を引き離し、鈴口の裏側をチロチロと舐め回した。

「い、いく……、アアッ……！」

その瞬間末吉は昇り詰め、熱く喘ぎながらドクドクと勢いよく精汁をほとばしらせてしまった。

第一撃が、彼女の顔に飛んで鼻筋を濡らした。白濁の粘液が頬の丸みを涙のように伝い、顎から糸を引いて滴った。

しかし小夜は驚くこともなく、再び亀頭にしゃぶり付いて余りを吸い出してくれたのだ。

「ああ……、小夜様……」

末吉は快感にうっとりと喘ぎ、清らかな尼僧の口の中に最後の一滴まで出し尽くしてしまった。

小夜は薄目で彼を見上げながら、口の中で舌鼓を打つように亀頭を締め付け、やがて噴出が止むと吸引を止めた。そして亀頭を含んだまま、口に溜まった精汁を一息に飲み込んでくれた。

「く……」

口腔がキュッと締まり、末吉は駄目押しの快感に呻いた。

小夜も、ようやくチュパッと口を引き離し、なおも両手で幹を包んで揉みながら、鈴口に脹らむ余りの雫を丁寧に舐め取ってくれた。

精汁に濡れた顔が、淫らと言うよりも、さらに神々しく見え、末吉は腰をよじってクネクネと悶えた。

「ど、どうか、もうご勘弁を……」

過敏に反応しながら哀願すると、やっと小夜も舌を引っ込め、幹から指を離してチロリと舌なめずりした。

末吉も簀の子に下り、小夜の胸に縋って顔を汚した精汁を指で拭ってやり、かぐわしい息を嗅ぎながら快感の余韻を味わったのだった……。

第三章　姫の花弁は蜜に濡れて

一

「末吉さん、迎えの駕籠が来ましたので」

朝餉《あさげ》を終え、掃除にかかろうとしたとき彼は春恵に言われた。

「駕籠が？」

「ええ、川を渡って、浜町の中屋敷へ行って頂きます」

「は、はい、承知しました……」

末吉は答え、このようなりで良いものかと思ったが、春恵はそのまま送り出してくれた。

どうやら春恵は、昨日の外出のうちに中屋敷に寄り、今朝の駕籠の手配まで済ませていたようだった。

加代は、何事かと小首を傾げ、小夜は承知しているように春恵と一緒に見送ってくれた。むろん春恵も、昨日末吉が小夜と情交したことを確信した上で送り出したのだ。

彼は門前に待機している駕籠に乗り、天井の紐に摑まりながら中屋敷へと向かった。もちろん駕籠などに乗るのは生まれて初めてで、末吉は初めての江戸の町を物珍しげに眺めた。

永代橋に差し掛かると、大川の川面《かわも》を流れる涼しい風が心地よかった。何艘かの船も浮かんで、人々が景色を眺めて涼んでいた。

橋を渡ると急に賑やかになって、商家の間を往来する人々の数も格段に増えたが、すぐに駕籠は屋敷の建ち並ぶ閑静な一角へと入っていった。

さすがに人も建物も多く、筑波の里しか知らない末吉は目を丸くするばかりだった。

そして月光寺を出てから、ものの四半刻（約三十分）ほどで、駕籠は皆川藩の中屋敷に着いた。

藩邸は神田にあるらしいが、照姫はこちらに住んでいるようだ。それだけ月光寺に近い方が、姉妹の心が互いに感応し合うのだろう。

すぐに門が開かれ、一人の若侍が出迎えてくれた。

「私は上杉美久《うえすぎみく》。照姫様の警護役です」

凛《りん》とした声で言う。どうやら女のようだ。

前髪が涼やかにパラリと額にかかり、長い髪を後ろで引っ詰めて垂らし、腰には大小を帯びて野袴を穿いている。歳は二十歳ばかりか、濃い眉と眦《まなじり》が吊り上がった凄みのある美女で、剣の方も相当に遣《つか》うようだ。

「末吉です」

「どうぞ、姫様がお待ちです」

末吉が頭を下げて名乗ると、長身の美久は冷ややかに彼を見下ろし、中に案内してくれた。

武士でない者が姫君に会いに来たということで、しっくりいかないものがあるのだろう。あとで聞くと美久は、十九郎とほぼ入れ替わりに国許から江戸へ赴《おもむ》いて間がないようだ。

庭は広く、片隅の厩には二頭の栗毛がいて、若侍が手入れしている。

屋敷も立派で、本来なら勝手口へ回るべきだろうが、照姫の招きということで美久も仕方なく彼を玄関から通した。

上がり込むと、美久はいくつか廊下を曲がって奥向きへと彼を案内した。

と、美久が途中で振り向いて言った。

「春恵尼様が昨日赴き、一刻（約二時間）ほどは末吉殿と姫様を二人きりにさせるようにとのことでした。私は、そなたが何者か知らぬが、姫様に妙な真似はせぬように」

後半は眼光鋭く威嚇してきたが、末吉は恐縮したように頭を下げた。

「はい、もちろんです。私も初めて伺い、姫様とはお初にお目にかかるのです」

「左様か。ではここへ」

言うと、美久も障子を開け、さらに奥の座敷に声をかけた。

「照姫様。末吉殿がお見えです」

言って襖を開けると、中には床が敷き延べられ、寝巻姿の照姫が座して彼を迎えた。

「そなたが末吉か、会いたかった」

小夜そっくりで、頭は結わず長い黒髪を垂らした彼女が物静かに言った。

「末吉にございます」

彼は平伏し、畳に額を擦りつけて言った。

「では、私はこれにて」

美久は言って襖を閉めたが、次の間に待機したようだ。

末吉は、恐る恐る顔を上げた。室内には甘ったるい匂いが生ぬるく籠もり、それは小夜と全く同じ体臭であった。

どうやら照姫は気鬱と称して臥せり、小夜と同じく十九郎への慕情に悶々としていたのだろう。

「昨日、小夜からの気持ちが伝わり、久しぶりに気を遣りました」

照姫が、か細く囁《ささや》いた。元気が無いのではなく、やはり隣室に美久がいるのを察しているからなのだろう。

どうやら、双子姉妹の気が感応しているというのは本当だったようだ。

そして小夜の目を通し、すでに末吉の顔も知っていたようだから、初対面というより懐かしげな眼差しだった。

末吉も、何やら妙な気分だった。昨日懇《ねんご》ろになった小夜が、黒髪の鬘《かつら》を着けてここにいるようなのだ。

「どうか、小夜と同じことをして下さいませ」

照姫が言い、寝巻の帯を解きはじめた。

「大丈夫でしょうか……」

末吉は、襖の向こうを指して訊いた。

「呼ばぬ限り入ってきません。武士として、覗くようなこともしないでしょう。聞き耳を立てるだけです」

彼女が囁き、早々と寝巻を脱いでしまった。下には何も着けておらず、一糸まとわぬ姿で布団に仰向けになった。

末吉も覚悟を決め、帯を解いて着物と下帯を脱ぎ去り、同じように全裸になって姫君に迫っていった。

さすがに、昨日以上に緊張が湧いた。

小夜は、双子とはいえ出家しているが、照姫は本当の姫君なのである。

しかも二人きりではなく、襖一枚向こうには、恐そうな女丈夫《おんなじょうぶ》が警護しているのだ。

それでも末吉自身は、はち切れそうに勃起していた。

照姫の肌も透けるように色白で、胸の膨《ふく》らみも腰の丸みも脚の長さも、寸分違わず小夜と瓜二つであった。おそらく違うのは髪だけで、あとは味も匂いも感触も同じではないかと思った。

「では、ここから……」

末吉は言い、小夜にしたのと同じように彼女の足に回って言い、屈み込んだ。

しかし、全く同じ相手に同じ行為も面白くないので、照姫にはうつ伏せになってもらった。

小夜がされたことが全て照姫に逐一伝わっているのなら、僅《わず》かな違いも知られてしまうだろうが、彼女も素直に腹這いになり、末吉は足裏から舌を這わせていった。

「ああ……、男の舌……」

照姫が顔を伏せたまま、感慨を込めて呟いた。

うつ伏せなので膝から折り曲げて足を浮かせ、指の間に鼻を割り込ませて嗅ぐと、ほのかに蒸れた匂いが感じられた。

やはり姫君はあまり歩き回らないだろうから、昨日の小夜と同じぐらい淡い匂いであった。

末吉は姫君の足の匂いを貪《むさぼ》り、爪先にしゃぶり付いて順々に指の股に舌を挿し入れて味わった。

「く……」

照姫が呻《うめ》き、ピクンと足を震わせて反応した。

全ての指の間を舐《な》め、もう片方の足も彼は念入りに賞味した。

そして足を下ろし、踵《かかと》から脹《ふく》ら脛《はぎ》を舐め上げ、ヒカガミから太腿、尻の丸みをたどっていった。

腰から背中を舐め上げると、滑らかな感触と淡い汗の味が感じられた。

黒髪にも顔を埋めると甘い匂いが籠もり、さらに耳の裏側まで舐めてから、うなじを這い下り、再び尻に戻っていった。

両の親指でムッチリと双丘を広げると、谷間の奥にはやはり可憐な薄桃色の蕾がひっそり閉じられていた。

顔を埋め込んで嗅ぐと、ここも小夜と同じく秘めやかな微香が悩ましく籠もり鼻腔《びくう》を刺激してきた。

充分に嗅いでから舌を這わせ、細かに震える襞を唾液に濡らしてヌルッと潜り込ませ、滑らかな粘膜を味わった。

「あう……」

照姫が呻き、キュッと肛門で舌先を締め付けてきた。

隣で聞いている美久は、いったい何をしていると思っていることだろう。

やがて舌を引き離し、彼は再び照姫を仰向けにさせていった。

そして片方の脚をくぐって股間に顔を割り込ませ、白い内腿を舐め上げて陰戸《ほと》に迫った。

見ると、若草の生え具合から、割れ目からはみ出す陰唇の形まで、やはり小夜とそっくりで、濡れやすいところも同じようだった。

指で広げると、中は綺麗な桃色の柔肉《やわにく》。それが蜜汁にヌメヌメと潤《うるお》い、襞の入り組む膣口を息づかせていた。

もう堪らず、末吉はギュッと顔を埋め込んで舌を這わせていった。

二

「アア……、いい……」

照姫が熱く喘《あえ》ぎ、内腿でキュッときつく末吉の両頬を挟み付けてきた。

彼も柔らかな茂みに鼻を擦りつけて嗅ぎ、汗とゆばりの混じった悩ましい芳香で胸を満たした。

そして、トロトロと溢れる淡い酸味の蜜汁をすすった。

舌先でクチュクチュと膣口の襞を掻き回し、ヌメリを舐め取りながらオサネまでたどっていくと、

「ああッ……！」

照姫が身を弓なりに反らせて喘ぎ、ヒクヒクと白い下腹を波打たせた。

匂いもオサネの大きさも感度も、実に小夜と良く似ていた。

今の喘ぎ声は、隣室の美久も聞いたことだろう。

しかし甘ったるい響きなので危機感はないが、いよいよ淫らなことをしていると気づいたに違いない。

末吉は舌先で弾くように小刻みにオサネを舐め、上の歯で包皮を剝いて露出した突起にチュッと吸い付いた。

「く……！」

照姫は奥歯を噛み締めて快感に呻き、クネクネと腰をよじらせた。

「も、もう堪忍……、こっちへ……」

やがて充分に高まった彼女が言い、末吉の手を引っ張ってきた。

もちろん姫君にだけは、言いつけに背いて強引に続行するわけにいかず、彼も素直に股間を這い出して添い寝していった。

薄桃色の乳首に吸い付いて舌で転がし、顔中で柔らかな膨らみと甘ったるい体臭を味わった。

「いい気持ち……」

照姫もうっとりと喘ぎ、彼の顔を優しく胸に抱いてくれた。

末吉は左右の乳首を交互に含んで舐め回し、腋の下にも鼻を埋め、和毛《にこげ》に籠もった濃厚な汗の匂いに噎《む》せ返った。

すると照姫が身を起こし、彼を仰向けにさせて股間へと顔を移動させていったのだ。

末吉が期待に身を震わせていると、彼女は大股開きになった彼の股間に腹這い、サラリと長い髪で内腿をくすぐってきた。

股間全体を黒髪が覆い、その内部に熱い息が籠もった。

そして先端にチロリと舌が這い、鈴口から滲む粘液が舐め取られた。

「う……」

末吉は痺れるような激しい快感に呻き、幹を震わせた。

照姫は久々の男根を慈しむように亀頭から裏側にまで舌を這わせ、ふぐりにもしゃぶりついてきた。

睾丸を転がし、袋全体を生温かく清らかな唾液にまみれさせると、さらに彼の脚を浮かせ、尻に熱い息を吐きかけてきたのだ。

まさかと思ったが、彼女はためらいなく舌先でチロチロと彼の肛門を舐め回してくすぐり、ヌルッと浅く潜り込ませてきた。

「あう……、姫様……」

末吉は驚きと同時に畏《おそ》れ多い快感に呻き、キュッときつく彼女の舌先を肛門で締め付けた。

照姫は厭わず内部で舌を蠢《うごめ》かせ、やがて引き離すと、ふぐりの中央の縫い目を舌先でたどり、再び肉棒の裏側を舐め上げてきた。

先端に達すると、今度は丸く開いた口でスッポリと根元まで呑み込み、熱い鼻息を恥毛に籠もらせながら吸い付いた。

内部ではクチュクチュと舌がからみつき、たちまち一物全体は姫君の清らかな唾液に生温かくどっぷりと浸った。

さらに彼女は顔を小刻みに上下させ、可憐な口でスポスポと強烈な摩擦を開始してきたのだ。

「ど、どうか、もう……」

末吉は急激に絶頂を迫らせて言い、熱く息を弾ませて腰をよじった。

すると照姫もスポンと口を引き離して身を起こし、ためらいなく彼の股間に跨《また》がってきた。

そして自らの唾液にまみれた先端に割れ目を押し付け、位置を定めてゆっくり腰を沈み込ませていった。

張りつめた亀頭が潜り込むと、あとは重みとヌメリに助けられ、ヌルヌルッと滑らかに根元まで受け入れた。

「アア……」

照姫が顔を仰《の》け反《ぞ》らせて喘ぎ、彼の胸に両手を突っ張って股間を密着させた。

末吉も肉襞の摩擦と熱いほどの温もり、きつい締め付けに包まれて快感を噛み締めた。

小夜とよく似た感触と温もりなのだが、それを思い出す余裕もなく彼は目の前にある快感に没頭し、両手を伸ばして彼女を抱き寄せた。

照姫も、ゆっくりと身を重ねてきた。

下から唇を求めると、彼女もピッタリと重ね合わせ、自分からヌルリと舌を挿し入れてくれた。

滑らかに蠢く舌は生温かな唾液にトロリと濡れ、嚙み切ってしまいたいほどに何とも美味しかった。

熱く湿り気ある息は、やはり小夜と同じく上品で甘酸っぱい果実臭だ。

末吉は両手を回して抱き留めながら、ズンズンと小刻みに股間を突き上げはじめた。

「ンンッ……」

照姫が熱く鼻を鳴らし、差し入れた彼の舌にチュッと強く吸い付いてきた。

そして自分も突き上げに合わせて腰を遣い、次第に互いの動きが一致して股間をぶつけ合っていった。

溢れる蜜汁が動きを滑らかにさせ、クチュクチュと卑猥な摩擦音を立てながら彼のふぐりから肛門まで生温かく濡らしてきた。

「ああ……、末吉、いい気持ち……」

照姫が口を離して囁き、味わうようにキュッキュッときつく締め付けた。

「どうか、唾を……」

末吉が囁くと、彼女も愛らしい唇をすぼめ、白っぽく小泡の多い唾液をトロトロと吐き出してくれた。

彼は舌に受け止めて味わい、うっとりと喉を鳴らした。さらに照姫の口に鼻を押し込み、濃厚な果実臭で鼻腔を満たした。

やがて末吉は、高位な姫君の唾液と吐息に酔いしれながら急激に限界を迫らせていった。

すると先に照姫の方が、ガクガクと狂おしい痙攣を開始して気を遣ってしまったようだった。

「い、いく……、あぁッ……！」

声を上ずらせて喘ぐと同時に、膣内の収縮も高まった。

末吉も少し遅れて絶頂に達してしまい、溶けてしまいそうな快感に全身を包まれながら、ありったけの熱い精汁をドクンドクンと勢いよく内部にほとばしらせ奥深い部分を直撃した。

「あ、熱い……、もっと……」

照姫が目を閉じて快感を嚙み締めながら言い、飲み込むようにキュッキュッと膣内を締め上げてきた。

末吉は心ゆくまで快感を味わい、最後の一滴まで出し尽くし、すっかり満足しながら徐々に突き上げを弱めていった。

「アア……」

照姫も声を洩らし、肌の強ばりを解きながらグッタリと力を抜き、彼にもたれかかってきた。

完全に身を投げ出すと、照姫は重なったまま荒い呼吸を繰り返し、まだ膣内を息づかせていた。その刺激に、彼自身もヒクヒクと過敏に反応して内部で跳ね上がった。

末吉は姫君の重みと温もりを受け止め、甘酸っぱい息を間近に嗅ぎながら、うっとりと快感の余韻を嚙み締めたのだった。

「ああ、良かった……」

照姫が言い、薄目で彼を見つめた。

「末吉、これからも来て……」

「ええ、もちろんです……」

言われて答え、今頃は小夜も、照姫と同じ快楽を味わっているのだろうかと思った。

やがて呼吸も整わぬまま、照姫はそっと股間を引き離してゴロリと横になり、末吉は身を起こし、懐紙で優しく陰戸を拭き清めてやったのだった。

三

「おのれ、姫様に何をしていた……」

末吉が身繕いを終えて帰ろうとすると、美久が近づいてきて小声ながら鋭く言った。

しかし、その時である。

「末吉！　急いで月光寺へ。大変なことが」

照姫が玄関まで駆けてきて叫んだ。

「え……？」

「早く、馬で。美久も行って！」

「承知しました」

言われて末吉はいち早く駆け出し、厨にいた馬を引き出した。

「御無礼！」

馬の世話をしていた若侍に言うなり、彼は飛び乗って門から出て行った。

すると美久も、要領を得ぬまま只ならぬ事態に、あとから馬で従ってきた。

「な、何があったのだ」

「仔細はあとで。急ぎましょう。こちらへ！」

末吉は人の多い通りではなく、堤を下りて川沿いの道を行った。

来るとき駕籠から見ていた風景を記憶しているから、その方が邪魔もなく早く走れると一瞬で判断したのである。

末吉は、里で馬の扱いには慣れている。

美久も、国許で乗馬は相当に稽古してきたようで、懸命についてきていた。

そして二騎で永代橋を、戛々《かつかつ》と蹄《ひづめ》の音を立てて駆け抜け、深川の外れへと急いでいった。

あるいは平山弥一郎が加代の居場所を探り当て、拐《かどわ》かそうとしているのかも知れないと末吉は思った。

やがて垣根を跳び越えて境内《けいだい》に踏み込むと、中では一人の武士と、数人の破落戸《ごろつき》らしい連中が庫裡《くり》から加代を引っ張り出して、無理やり駕籠に乗せようとしていた。

頭巾《ずきん》の武士は、一目で弥一郎だと分かった。

春恵と小夜も、懸命に止めようとしているが連中に押さえつけられていた。

「待て！」

「うわ……」

前足を上げて嘶《いなな》く馬に襲いかかられ、連中が声を上げて色めき立った。

すでに末吉は馬上になく、素早く飛び降りて加代を左右から抑えている破落戸たちの脾腹《ひばら》に当て身。

「むぐ……！」

二人はあばらを砕かれ、呻きながら崩れていった。

「怪我は！」

フラつく加代を支え、叱咤するように言うと、彼女もほっとしたように緊張を和らげて小さく頷いた。

「こ、こいつだ。斬り捨てろ！」

弥一郎が言うと、春恵や小夜の方にいた破落戸も、腰の長脇差を抜き放って末吉に迫ってきた。

破落戸は全部で七人。すでに二人倒しているから残りは五人だ。

みな髭面の大男で、流れ者の無宿人らしい。弥一郎は何らかの繋がりを持ち、連中を手なずけているようだった。

末吉は加代の肩を抱きながら連中の輪を抜け、春恵たちの方へと彼女を押しやり、手近な男の股間や水月《みぞおち》に蹴りを飛ばしていた。

「ウッ……！」

みな硬直して呻き、一撃で地に伏していった。

その鬼気迫る勢いに、残りの連中も踏み込むのをためらった。

そこへもう一騎、美久の馬が到着した。

「おのれ、無頼ども！」

美久は事情も知らぬまま馬から飛び降り、抜刀して声を上げた。緊張に頬を強ばらせているが目は爛々とし、憧れていたらしい実戦の機に、全身に闘志を漲《みなぎ》らせていた。

「お、女か……」

破落戸の一人が言い、彼女に向かっていった。丸腰の末吉より、手強くないと思ったのだろう。要するに見る目がないのである。

美久は手加減もせず、渾身《こんしん》の力で長脇差を叩き落とすと、容赦なく逆袈裟に斬り上げた。

「げっ……！」

濡れ雑巾でも叩くような音をさせて腹から胸を斬り裂かれ、男は奇声を発し、血をしぶかせて倒れた。

「う、うわ……」

残りの連中がそれを見て逃げ腰になった。

末吉も、連中の顎や脾腹に手刀や蹴りをめり込ませると、とうとう残りの数人は長脇差を捨てて膝を着いた。

「ご、ご勘弁を……」

言うと末吉と美久は攻撃を止めた。

「こ、このままでは済まさぬぞ……」

いち早く境内の隅へと逃れていた弥一郎が呻き、いきなり踵《きびす》を返して立ち去っていった。

それを追おうとした美久を、末吉が止めた。

「良いでしょう。素性は知れています」

彼が言うと、美久も唇を引き締めて歩を止め、思い出したように懐紙で血刀を拭って鞘《さや》に納めた。

「貴様、何者だ……」

美久が、素手で倒された連中を見回しながら末吉に言った。声が震えているのは、おそらく生まれて初めて人を斬ったからだろう。

しかし末吉は、加代たち三人の方へと駆け寄った。幸い、誰も怪我はないようだった。

美久も、加代そっくりな尼僧がいることに気づき、目を丸くした。

「い、いったい、何が何やら……」

彼女が呟くと、そこへ中屋敷の若侍たちが入って来た。照姫に言われたか、役人も同道してきたのだ。

「ああ、こいつらは寄せ場で悶着を起こした連中だな。こんなところへ流れてきていたか」

同心が、連中の顔を見知っていたように言い、次々に引っくくって立たせた。

ただ美久に斬られた者は死に、末吉に肋骨を折られた二人も立てずに、みな戸板で運ばれていった。

どうやら埋め立て工事に従事していた連中が、徒党を組んで悪さしていたようだった。

それを弥一郎が面倒を見て、手駒に使っていたのだろう。

「女ばかりと見て押し込みに入り、娘さんを拐かそうとしたのでしょう。真っ昼間にやるとは不敵な奴らだ。では締め上げた上、また後日お話を伺いに参りますので」

同心は言い、末吉も弥一郎のことは言わなかった。

旗本がからむとなると面倒だろうし、また弥一郎も、これでしばらくは大人しくするだろうと思ったのだ。

連中が引き上げると、若侍たちも小夜たちの無事を確認し、辞儀をして馬を連れて中屋敷に帰っていった。

美久は井戸端で手を洗い、今さらながら人を殺《あや》めたことの重みに襲われているように震えが治まらないようだった。

「私たちは大丈夫ですので、末吉さんは、美久さんを離れで休ませてあげて下さい」

春恵が言い、加代を連れて庫裡に戻っていった。

小夜が残って、あらためて末吉と美久に頭を下げた。

照姫の快楽を受け止め、すっかり満足したところで賊に踏み込まれ、たいそう驚いたことだろう。

それでも懸命に照姫に危急を念じ、こうして皆が無事に済んだのである。

小夜が庫裡に入ってゆくと、美久も少し落ち着いたようだ。

「なぜ、あの尼僧は姫様と瓜二つなのだ……」

「仔細は中にて」

訊かれて末吉は言い、手を拭いた美久を離れへ招き入れた。

彼女は大刀を鞘ぐるみ抜いて置き、末吉の正面に座した。

「あの方は小夜様と言い、照姫様の双子の妹御です」

「そ、そうだったのか……。それで、妹御の方だけ出家を……」

末吉が言うと、美久も納得したように頷きながら男言葉で答えた。まだ人を斬った興奮が覚めやらず、甘ったるい汗の匂いが悩ましく漂った
「あの頭巾の武士は」

「ここに滞在している御家人の娘、加代さんに懸想《けそう》する旗本です。人を頼んで、強引に掠《さら》いに来たのでしょう」

「それが、なぜ分かった。姫様に言われて馬を飛ばすとは」

「双子同士で、離れていても心が通じ合っているのです。それで小夜様が危機を知らせ、照姫様が察知して我らに行くよう言ったのです」

「なんと、不思議な……」

美久は嘆息して言い、頭の中を整理していたが、また思い出したように末吉を睨《にら》み据えた。

「それで、姫様と何をしていた！」

「ご覧でしたでしょうに」

「み、見てなどいない……」

「では声を聞いてお察ししたはずです」

末吉は言いながら、この美しくも強い美女に興奮してきてしまった。

四

「ううむ……、姫様に淫らなことを……」

美久が歯噛みして、今にも摑みかかりそうに身を乗り出してきた。

「でも、全ては姫様に命じられたままに行なっただけです。私は姫様の快楽の道具として呼ばれたのですから」

「い、いったい何を……」

「むろん情交ですが、常に姫様が上です。もっともその前に、充分に陰戸をお舐めしましたが」

「ほ、陰戸を舐める……」

美久は頬から耳たぶまで真っ赤にし、息を詰めて言った。彼女の常識では考えられない行為なのだろう。

「失礼ながら、美久様はまだ無垢《むく》でいらっしゃいますか」

「むろん。二十歳の今日まで男に触れたことはない。もっとも組み討ちで痛めつけたことならあるが」

末吉が聞くと、美久が答えた。

どうやら長身で剣の才能もあるので、とうに嫁に行く夢など捨て、剣一筋に生きる決意をしているようだ。そして他の誰よりも強く、それで江戸行きを命じられたのだろう。

「いかがでしょう。私が姫様にしたのと同じことを、ここで美久様にしてはいけませんか」

「なに……、そ、そのようなこと、死んでも……」

言うと、美久はビクリと身じろぎ、睨みながらも戸惑いの色を見せて答えた。

「これからも照姫様に呼ばれ、同じことをすると思います。その折り、何をするか知っていれば美久様のお心も落ち着くでしょう。あれこれ思って心を乱しては警護に差し障るかも」

「おのれ、末吉、お前は私にまで淫気を向けるか……」

「姫様が知ったと同じ気持ちを試すだけです。剛胆な美久様ならば、羞恥ぐらい乗り越え、快楽に心を奪われるようなことはないはず」

末吉が勃起しながら言うと、美久も迷い、さらに甘ったるい匂いを濃くさせ、やがて小さく頷いた。

「いいだろう。では姫様にしたのと同じことをしてもらう。その代わり後日、次は私の流儀で仕合いたい」

「ええ、真剣でなければ構いません」

「よし」

美久に言われ、末吉は立ち上がって手早く床を敷き延べ、帯を解いて着物を脱ぎ去っていった。

「さあ、美久様もお脱ぎ下さい。ここへは誰も来ませんのでご安心を」

促すと、彼女も脇差を抜いて置き、立ち上がって袴の前紐を解きはじめた。

さすがに、いったん行動を起こすとなると、あとはためらいなく襦袢《じゅばん》と、男のような下帯まで解き放ち、たちまち一糸まとわぬ姿になって布団に仰向けになっていった。

五尺六寸（約一七〇センチ）はあろう身体は、実に引き締まっていた。肩と二の腕の筋肉が男のように発達し、腹も筋肉が段々になり、太腿も荒縄をよじり合わせたように逞しかった。

乳房はあまり大きくはないが、それでも女らしい膨らみを持ち、乳首と乳輪は初々《ういうい》しい桜色をしていた。

股間の翳《かげ》りも薄く、今まで着物の内に籠もっていた汗の匂いが解放され、濃厚に室内に立ち籠めはじめた。

照姫と同じようにするなら足裏から責めるべきだが、ここは通常の方が良いだろうと思った。普通の行為でも、美久にとってはあまりの衝撃だろうから、わざわざ変則の順序ですることもない。

末吉は、神妙に目を閉じて身を投げ出し、微かに肌を震わせている美久の右側から添い寝し、右側の乳首にそっと吸い付いていった。

「く……！」

美久がビクリと肌を強ばらせ、奥歯を嚙み締めて呻いた。

堅物の女武芸者には、艶めかしい行為も苦行のようなものかも知れない。

末吉は、コリコリと硬くなった乳首を舌で転がし、張りと弾力ある膨らみに顔中を押し付けた。

もう片方も含んで舌を這わせ、左右とも充分に舐めて味わってから、彼は美久の腕を差し上げ、腋の下に顔を埋め込んでいった。

生ぬるく湿った腋毛には、何とも甘ったるい汗の匂いが濃く沁み付いていた。

末吉は何度も吸い込んで鼻腔を満たし、やがて脇腹をたどり、汗ばんだ肌を舐め下りていった。

引き締まった腹を舐め、臍《へそ》も舌先でくすぐり、ピンと張り詰めた下腹から腰、逞しい太腿へと下りていった。

丸い膝小僧を通過して脛に行くと、まばらな体毛が実に野趣溢れる魅力を醸《かも》し出していた。

頬ずりして脛毛の感触を味わい、舌を這わせて足首まで行った。

そして足裏に回り、大きな足裏に舌を這わせ、太くしっかりした指の股にも鼻を割り込ませた。

そこは汗と脂にジットリ湿り、他の誰よりも濃厚に蒸れた匂いが籠もり、悩ましく鼻腔を刺激してきた。

彼は充分に美女の足の匂いを貪ってから、爪先にしゃぶり付き、順々に指の間に舌を挿し入れていった。

「あう……、なぜ、そんな犬のような真似を……」

美久が呻き、感じると言うより不思議そうに声を洩らした。

「姫様のご命令ですので」

末吉も答え、またしゃぶり付いた。自分から舐めたいと言っても、彼女のように真面目な藩士には理解できないだろうから、姫の言いつけにした方が通りが良いだろう。

「そのようなことを姫様がお命じに……。ならば従うのも仕方ないが、私にするのは嫌であろう……」

「いいえ、嫌ではありません」

彼は言い、もう片方の爪先にも鼻を押しつけ、ムレムレの匂いを貪ってから全ての指の股を舐め回した。

「あぁッ……！」

とうとう美久も熱く喘ぎ、ヒクヒクと脚を震わせた。

やがて末吉は脚の内側を舐め上げ、両膝を割って内腿を舐め、股間に迫っていった。

すでに熱気と湿り気が満ち、彼は女武芸者の無垢な陰戸に目を凝《こ》らした。

股間の丘には楚々《そそ》とした恥毛がふんわりと煙り、割れ目からはみ出す陰唇は興奮に色づいていた。

指を当てて左右に広げると、

「く……！」

触れられた美久が、羞恥に息を詰めて呻き、ビクリと内腿を震わせた。

中の柔肉はヌメヌメと潤い、可憐な膣口がキュッと引き締まった。尿口もはっきり分かり、オサネは他の誰よりも大きく、親指の先ほどもあって幼児の一物のように亀頭型をして光沢を放っていた。

「み、見ないで……」

美久が、彼の熱い視線と息を感じながら、すっかり女らしくなった声でか細く言った。障子越しに西日が当たり、余すところなく陰戸が照らされて恥ずかしいのだろう。

もちろん見られるのは生まれて初めてに違いない。

末吉も、美しい女武芸者の陰戸を目に焼き付けてから、ギュッと股間に顔を埋め込んでいった。

柔らかな茂みに鼻を擦りつけて嗅ぐと、何とも甘ったるく濃厚な汗の匂いが胸の奥を掻き回してきた。

恥毛の下の方にはゆばりの匂いも悩ましく入り混じり、彼は心地よく鼻腔を刺激されながら舌を這わせていった。

濡れた柔肉は淡い酸味があり、彼は無垢な膣口を舐め回し、大きなオサネまでたどっていった。

「アアッ……！」

美久が熱く喘ぎ、キュッときつく内腿で彼の両頬を挟み付けてきた。

末吉は腰を抱え、執拗に舌を這い回らせ、硬く突き立った突起にチュッと吸い付いた。

「い、いや……！」

美久がヒクヒクと下腹を波打たせ、可憐に嫌々をした。

末吉は美女の濃厚な体臭を嗅ぎながら執拗に吸い、ヌメリをすすった。

さらに脚を浮かせ、引き締まった尻の谷間に鼻を迫らせた。

桃色の蕾は、やや枇杷《びわ》の先のように突き出た感じで五弁の椿のようにぷっくりしていた。

やはり過酷な稽古に明け暮れているため、日頃から力んでばかりいるのかも知れない。

末吉は艶めかしい蕾に鼻を埋め、汗の匂いに混じった生々しい匂いを貪ってから、舌先でチロチロと舐めて濡らし、ヌルッと潜り込ませて粘膜まで味わった。

五

「く……、駄目……、なぜ、そのようなところを……」

美久が驚いたように呻き、潜り込んだ舌先を肛門できつく締め付けてきた。

末吉は舌を出し入れさせるように蠢かせてから、ようやく脚を下ろして再び陰戸に舌を這わせていった。

新たな蜜汁が大量に溢れ、彼はすすりながらオサネに吸い付いていった。

そして無垢な膣口を探るように指を這わせ、浅く挿し入れた。

内壁を小刻みに擦り、徐々に深く入れて天井の膨らみも指の腹で圧迫し、なおもオサネを吸い続けた。

「だ、駄目……、いく……、アア……！」

美久が身を弓なりに反らせて喘ぎ、ガクガクと腰を跳ね上げた。

同時に潮を噴くように大量の淫水をほとばしらせ、膣内をキュッキュッときつく収縮させた。

どうやら気を遣ってしまったようだ。

そして、いくと口走ったからには、自分でいじって絶頂を得る習慣も持っているらしい。

末吉は、生娘《きむすめ》なのに凄まじい高まりを迎えた美久に圧倒される思いで、口の周りをビショビショにさせながら、彼女の痙攣が治まるまで舌と指の動きを続けたのだった。

「ああ……、堪忍……」

気丈な美久が降参するように言い、グッタリと四肢を投げ出していった。

ようやく末吉も舌を引っ込め、ヌルッと指を引き離して股間から這い出し、再び添い寝していった。

腕枕してもらうと、美久はこちらを向いてきつく末吉を抱きすくめ、荒い呼吸を繰り返した。

「気持ち良かったですか」

「い、いや……、言わないで……」

彼が囁くと、美久は喘ぎながら小さく震える声で答え、何度か思い出したようにビクッと肌を激しく震わせていた。

甘ったるい汗の匂いに包まれながら顔を上げると、すぐ目の上に美久の喘ぐ口があった。

形良い唇が開いて、ヌラリと光沢のある頑丈そうな歯並びが綺麗に揃い、洩れる息は火のように熱かった。そして花粉のように甘い匂いが、かなり濃い刺激で彼の鼻腔をくすぐってきた。

「ご自分でいじって気を遣ることもあるのですね」

「だ、黙れと言うに……」

なおも囁くと、美久は答え、身を起こしてきた。

そして反撃するように彼の股間に顔を寄せていった。屹立《きつりつ》した肉棒をそっと握り、感触を確かめるように動かした。

「これが、男のもの……、太くて大きいが、入るのだろうか……」

美久は好奇の眼差しを熱く注いで言い、幹からふぐりまでいじり、袋をつまんで肛門の方まで覗き込んできた。

「いや、姫様と情交したのだな。ならば容易に入るはず……」

美久が言い、今にも跨いで座り込みそうな勢いになった。

「み、美久様。入れるのなら、その前に唾で濡らして下さいませ」

仰向けになって言うと、美久もピクリと身じろいだ。

「なに、口でしろと……？　姫様もしたのだな……」

美久は言って少し迷ったが、結局屈み込んで息を震わせ、先端に舌を這わせはじめてくれた。

滑らかに蠢く舌が鈴口から滲む粘液を舐め取り、張りつめた亀頭にもパクッとしゃぶり付いてきた。

「ああ……」

末吉は快感に喘ぎ、美久もスッポリと根元まで呑み込んでくれた。

熱い鼻息が恥毛をそよがせ、幹を口で締め付けながら吸い、内部でもクチュクチュと舌が蠢いた。

彼が悦《よろこ》びに喘ぐと、次第に美久も抵抗感を消し去って熱を込めて愛撫しはじめてくれた。

深々と含むと頬をすぼめて吸い、満遍なく舌をからめてたっぷりと生温かな唾液にまみれさせた。末吉も、感じるたびヒクヒクと幹を震わせ、急激に絶頂を迫らせていった。

このまま漏らして口を汚したら、嚙み切られるかも知れない。

しかし彼女も、充分に濡れるとスポンと口を離して身を起こしてきた。

「どうぞ、上から……」

期待に胸を震わせて言うと、美久もそろそろと跨がり、先端に陰戸を押し当ててきた。

「ああ、まさか江戸へ来て、男とすることになろうとは……」

美久は感慨深げに言いながら、腰を沈めて受け入れていった。

剣一筋に生き、一生無垢でいようと思っていたようなので、このような展開は夢にも思っていなかったのだろう。

たちまち一物は、ヌルヌルッと肉襞の摩擦を受け、滑らかに根元まで呑み込まれていった。

「アアッ……！」

美久が顔を仰け反らせ、微かに眉をひそめて喘ぎ、キュッときつく締め付けてきた。

しかし破瓜《はか》の痛みより、男と一つになった実感の方が強いようだ。

何しろ彼女は、誰よりも痛みに強い生娘なのだ。

美久は股間を密着して完全に座り込み、しばし硬直しながら膣内を艶めかしく収縮させた。

さすがにきつく、中は燃えるように熱かった。

末吉も、逞しい美女の温もりと感触を嚙み締めた。同じ生娘でも、やはりか弱げな加代とは全く趣が違っていた。

両手を伸ばして抱き寄せると、美久も素直に身を重ねてきた。

彼は全身に重みと温もりを受け止め、下から唇を求めていった。

すると美久も上からピッタリと唇を重ね、熱い息を籠もらせて彼の肩に腕を回してきた。

舌を挿し入れ、隙間なくキッシリ並んだ前歯を舐めると、美久もすぐ歯を開いて受け入れ、ネットリとからみつけた。

滑らかに蠢く舌と、生温かくトロリとした唾液を味わい、末吉は花粉臭の息の刺激に高まりながら、ズンズンと股間を突き上げはじめた。

「ンンッ……」

美久が呻き、反射的にチュッと強く彼の舌に吸い付いてきた。

締まる肉襞が何とも心地よい摩擦を伝え、なおも増しているヌメリが律動を滑らかにさせていった。

彼女も、さっきの絶頂の余韻があるらしく、無意識に腰を遣いはじめてきた。

次第に互いの動きも一致し、クチュクチュと淫らに湿った摩擦音も響き、溢れる淫水にふぐりまで生温かくネットリと濡れた。

「ああ……、奥が、熱い……」

口を離し、美久が喘いで言った。

少なくとも激痛ではないようだし、気を遣っても負けん気の強い彼女は痛いなどとは言わないだろう。

だから末吉も、自身の快感を優先させて激しく突き上げはじめた。

「い、いきそう……」

末吉はしがみつきながら言い、たちまち昇り詰めていった。

「く……！」

突き上がる大きな絶頂の快感に呻きながら、熱い大量の精汁をドクンドクンと勢いよく内部にほとばしらせてしまった。

「アア……」

美久も、噴出を感じたように声を洩らし、キュッときつく締め上げてきた。

彼は快感に任せて遠慮なく股間をぶつけ、溶けてしまいそうに心地よい摩擦の中、心置きなく最後の一滴まで出し尽くしていった。

満足しながら突き上げを弱めていくと、美久も力尽きたようにグッタリともたれかかってきた。

さすがに挿入で気を遣るようなことはなかったが、痛みはすぐ克服するだろうから、間もなく本当の悦びに目覚めることだろう。

まだ膣内は息づくような収縮が繰り返され、刺激された一物はヒクヒクと内部で過敏に跳ね上がった。

「ああ、とうとうしてしまった……」

美久が、彼の耳元で荒い呼吸を繰り返しながら呟いた。

「舐められた方が気持ち良かったかも知れませんが、すぐ情交も良くなります」

「おのれ、利いたふうな口を……」

囁くと美久が怒ったように言い、それでも声に力が入らず、起き上がる気力も湧かないようだった。

末吉は彼女の重みを受け止め、甘い刺激の息を嗅ぎながら、うっとりと快感の余韻を噛み締めたのだった。

第四章　二人分の蜜にまみれて

一

「そうか、筑波の素破《すっぱ》だったのか……」

夕餉《ゆうげ》のあと、皆が揃っているところで末吉が話すと、美久が言った。

明日にもまた役人が事情を聞きに来るかも知れないので、今日は美久も月光寺へ泊まることとなったのだ。

末吉も、もう破落戸《ごろつき》たちを蹂躙《じゅうりん》した自分の技を皆に見られてしまったので、正直に話してしまったのである。

加代も小夜も、驚いたように彼を見ていた。

「それで、あの頭巾《ずきん》の侍は？」

美久が訊くと、加代が答えた。

「平山弥一郎様という二千石の旗本で、親は普請奉行です」

「なるほど、それで寄せ場上がりの破落戸を手なずけたのですね。それにしても
そんな地位にある者が、一方的に懸想《けそう》して拐《かどわ》かそうとするとは」

春恵が言う。

普請奉行とは、作事、小普請と並ぶ下三奉行の一つで老中の支配にあり、江戸城の石垣、堀、架橋などの土木工事を掌《つかさど》るとともに、神田、玉川上水や市中の拝領屋敷などの管理も行なっていた。

いっぽう堀井加代の家は、普請方同心という役職とは名ばかりの下級の御家人で、本来なら弥一郎が加代を望めば苦もなく確保できる立場にあった。

しかし加代は一人娘のため、二親は釣り合いの取れる相手を婿にと望み、また身分違いもあって固辞していた。

そして加代も、弥一郎が生理的に嫌だったのだろう。

まあ、嫌で通る世界ではないのだが、跡目を引き継ぐという理由は正当なので拒み続けることが出来た。

結局、大火で二親も家も失い、もう家名も何もないので、あえて加代は尼僧の道を選んだのであった。

もっとも弥一郎との出会いで、その決意も揺らぎはじめているようだが。

「とにかく、偉い旗本の息子だろうと非道は許せぬ。何とか良い手立てはないものか……」

美久は言ったが、何しろ加代の周りには美久や末吉など手強い者たちがいることを知り、弥一郎もそうそう襲っては来ないだろうと思えた。

やがて美久は客間で寝ることになり、末吉も離れへ戻った。

すると、いくらも経たぬうち、部屋に寝巻姿の加代が入って来た。

末吉も寝巻に着替え、行燈《あんどん》を消そうとしていたところである。

「あ、庵主様に知られませんか……？」

「いいえ、大丈夫です。よく話し合うようにと言われて来ましたので」

訊くと加代が答えた。

春恵が承知しているなら構わないだろう。

それに美久も、昼間濃厚な情交をしたことだし、厄介になっている寺で夜分に勝手もせず、大人しく寝るに違いない。

二人は敷かれた布団の上に腰を下ろした。

「素破とは何ですか」

すると、加代が訊いてきた。

「ああ、戦乱の時代に敵地に忍び込んで攪乱《かくらん》する間諜《かんちょう》です」

「そうした家柄なのですか。では武芸の方も」

「武芸は武士がすることです。素破は作法も道もなく、卑怯も糞もない相手を倒すだけの術です」

「では……」

「武士の端くれでもなく、御家人のお嬢様から見れば下の下にいる土虫です」

「そんな……、私は、もう御家人ではありません」

「まあ、私も今は素破でもなく、単なる無宿人ですが」

言うと、緊張していた加代の表情が多少和らいだ。同じ天涯孤独の身という繋がりを再確認したのだろう。

もちろん末吉は、加代と二人きりでいるだけで、股間が痛いほど突っ張ってきてしまった。

何と言っても、自分にとって最初の女だから思い入れが違う。

「今日は、駆けつけて頂いて嬉しかったです。有難うございました」

あらためて加代が言い、頭を下げた。

「いえ、間に合って良かったです」

彼も答えながら、愛しさが募って加代に迫っていった。

産毛の輝く白桃のような頰に手を当て、顔を引き寄せながら自分も迫って唇を重ねた。

加代もうっとりと長い睫毛《まつげ》を伏せ、彼の方に身を預けてきた。

ぷっくりした唇の感触を味わい、生温かく湿り気のある、甘酸っぱい息を嗅ぎながら舌を挿し入れ、滑らかな歯並びを左右にたどった。

彼女も歯を開いて受け入れ、チュッと吸い付いてきた。

そのまま末吉は彼女を仰向けに押し倒し、のしかかって執拗に舌をからめた。

互いに帯を解いて引き抜き、寝巻の前を開くと、加代の愛らしい乳房がはみ出してきた。

充分に美少女の唾液と吐息を味わってから、末吉は唇を離し、白い首筋を舐《な》め下りて桃色の乳首に移動していった。

そっと乳首を含み、顔中を柔らかな膨《ふく》らみに押し付けながら舌で転がすと、

「アア……」

加代がか細い声で、熱く喘《あえ》ぎはじめた。

風呂も、そう毎日焚いているわけではないので今夜は入っておらず、乱れた寝巻の間から生ぬるく甘ったるい汗の匂いが揺らめいてきた。

末吉はコリコリと硬くなった乳首を舌で弾くように舐め回し、もう片方の乳首も含んだ。

そしてさらに寝巻を開いて腋の下に顔を潜り込ませ、和毛《にこげ》に籠もった濃厚な体臭で鼻腔《びくう》を満たした。

加代も、すっかり朦朧《もうろう》としてクネクネと身悶え、荒い呼吸を繰り返しはじめていた。彼は滑らかな肌を舐め下り、形良い臍《へそ》を舐め、張り詰めた下腹にも舌を這わせた。

いったん身を起こし、自分も寝巻と下帯を完全に脱ぎ去り、あらためて加代の足を舐め、指の股にも鼻を割り込ませて嗅いだ。

今日も恐い思いをしたので、指の間は汗と脂に湿り、ムレムレの匂いが濃厚に沁み付いていた。

末吉は爪先をしゃぶり、全ての指の間を舐め、もう片方も貪《むさぼ》った。

「あうう……、い、いけません……」

加代がか細く言い、ヒクヒクと脚を震わせた。

彼は両足とも味と匂いを堪能すると腹這い、脚の内側を舐め上げて股間に顔を進めていった。

白くムッチリとした内腿を舐め、陰戸《ほと》に目を遣《や》ると、はみ出した陰唇はすでにネットリと潤《うるお》っていた。加代もまた、覚えたばかりの快楽と期待に、すっかり濡れやすくなっているようだ。

大股開きにさせて顔を寄せ、熱気と湿り気を嗅ぎながら指で陰唇を開き、屈み込んで舌を這わせていった。

トロリとした淡い酸味のヌメリが迎え、恥毛に籠もる汗とゆばりの匂いが悩ましく鼻腔を刺激してきた。

膣口からオサネまで、味わいながらゆっくり舐め上げていくと、

「ああッ……！」

加代がビクッと顔を仰《の》け反《ぞ》らせて喘ぎ、内腿でキュッときつく彼の顔を挟み付けてきた。

末吉はもがく腰を抱え込んで抑え、執拗にチロチロとオサネを舐めては美少女の体臭に酔いしれ、溢れる蜜汁をすすった。

そしてオサネを吸いながら、彼も身を反転させて股間を加代の顔に向けた。

やがて二人は二つ巴の体勢で、互いの内腿を枕にし、最も感じる部分を舐め合った。

「ク……」

オサネを吸うたび、加代も彼の股間に熱い息を籠もらせて呻《うめ》きながら、チュッと強く一物に吸い付いてきた。

彼自身は美少女の温かな口の中で、清らかな唾液にまみれながら最大限に膨張し、ヒクヒクと快感に震えた。

加代も執拗に吸い付いては、熱い鼻息でふぐりをくすぐり、張りつめた亀頭を念入りに舐め回してくれた。

やがて二人は充分に高まると顔を離し、末吉は加代の股を開かせ、唾液に濡れた一物を陰戸に進めていった。

先端を膣口に押し当て、ゆっくり挿入していくと、

「あう……」

加代が微かに眉をひそめて呻き、それでもヌルヌルッと滑らかに根元まで受け入れていった。末吉も心地よい襞の摩擦に高まりながら、股間を密着させて身を重ねた。

彼女も下から両手でしがみつき、熱く濡れた膣内でキュッときつく締め付けてきた。

末吉は屈み込み、温もりと感触を味わいながら唇を重ね、執拗に舌をからめていった。そして高まりに合わせて徐々に腰を突き動かしはじめると、

「ンン……」

加代が熱く呻き、舌に吸い付いてきた。

いったん動くと快感に止まらなくなってしまい、末吉は次第に勢いを付けて律動し、美少女の清らかな唾液をすすり、甘酸っぱい息の匂いに絶頂を迫らせていった。

蜜汁の量も増え、動きは実に滑らかだった。

胸の下では柔らかな乳房が押し潰れて弾み、ほんのり汗ばんだ肌が密着し、恥毛が擦れ合ってコリコリする恥骨の膨らみも伝わってきた。

もう堪らず、たちまち末吉は昇り詰め、ありったけの熱い精汁を勢いよく柔肉《やわにく》の奥にほとばしらせてしまった。

「く……！」

彼は快感に呻き、心置きなく最後の一滴まで出し尽くした。

やがて徐々に動きを弱めていくと、加代も肌の硬直を解いてグッタリと身を投げ出していった。

もう初回ほどの痛みもないようで、やがて快楽を得られるようになるだろう。

末吉は力を抜き、内部でヒクヒクと幹を震わせた。そして果実臭の息を胸いっぱいに嗅ぎながら、余韻を噛み締めたのだった。

二

（え……、美久様が……？）

夜半、加代を送り出した末吉は、ついでに厠《かわや》によって離れへ戻ろうとしたとき美久の呻き声を聞いて足を止めた。

気になって客間の方へ忍んでゆき、そっと中に入った。

足音を忍ばせての移動はお手のものだし、それに春恵や小夜の部屋はここからは遠い。

室内は、生ぬるく甘ったるい匂いが濃厚に立ち籠め、美久は眠りながら脂汗にまみれて魘《うな》されていた。

やはり表面は平気なようでも、生まれて初めて人を殺《あや》めた重圧がのしかかっているのだろう。

末吉ですら、過酷な訓練は経ているものの人を殺したことはない。もっとも必要があれば、ためらいなくやってのけるだけの技と胆力は持っているつもりであるが。

借りた寝巻の胸元がはだけ、汗ばんだ乳房がはみ出し、美久は寝苦しそうに悶えながら激しく喘いでいた。

「美久様」

末吉は枕元に膝を着いて声をかけ、肩を揺すった。

すると、美久もすぐに目を開け、ビクリと彼の顔を見上げた。

「す、末吉、か……、なぜここに……」

「たいそう魘されておりましたので」

答え、末吉は手拭いで彼女の額や首筋を拭ってやった。

「そう……、覚えていないが、とても恐い夢を見ていたようだ……」

「あんな破落戸でも、殺せば気に病むのは当たり前です」

「やはり、そうか……、心の弱さが口惜しい……」

「一晩寝れば、明日は気が晴れるでしょう。悪いことをしたわけではないのですから」

彼が言うと、美久も頷いて身を起こした。

「とにかく汗を拭いた方がよろしいかと」

帯を解いてやり、ビッショリと汗に濡れた寝巻を脱がせた。彼女は下には何も着けていなかった。

美久も自分で身体を拭いた。

「着替えを借りてきましょう」

「良い。裸で寝る。お前も、朝まで一緒にいてくれる？」

「ええ」

末吉は答え、自分も帯を解いて寝巻を脱ぎ、全裸になってしまった。

そして二人で、美久の汗に湿った布団に横になった。

「抱いて、きつく……」

美久が言い、今回は彼が腕枕してやった。

汗の混じった、甘い髪の匂いを嗅いでいるうち、末吉自身はムクムクと勃起してきてしまった。

美久が長身だから、腕枕していると一物が彼女の腹に押し当てられた。

すると気づいた彼女が幹を握り、ニギニギと愛撫してくれた。

「ね、飲みたい……」

彼女が言い、顔を移動させようとした。

「す、すぐは出ませんので、それまで他のことを……」

「どうすれば良い」

美久が顔を上げ、彼を見下ろして訊いた。

「私も、美久様の唾が飲みたいです……」

熱く濃厚に甘い匂いの吐息を嗅ぎながら言うと、彼女も口を迫らせてくれた。

「渇いて、なかなか出ない……」

美久は言いながらも懸命に唾液を分泌させ、口移しにクチュッと注ぎ込んでくれた。

末吉は少量の粘液を味わい、うっとりと喉を潤した。

そして美久の唇の間に鼻を押し込み、口の中の濃い花粉臭を嗅ぎながら高まっていった。

その間も、美久の指による微妙な愛撫は続いていた。

美久も舌を這わせ、彼の鼻の穴をヌラヌラと舐め回してくれた。そして美女の唾液と吐息の匂いに、ジワジワと絶頂が迫ってきた。

「顔を跨《また》いで下さい……」

言うと、美久は一物に屈み込みながら、女上位の二つ巴で、仰向けの彼の顔に跨がってくれた。

真下から腰を抱えて引き寄せ、末吉は潜り込むようにして茂みに鼻を埋め、汗の匂いと残尿臭を貪り嗅ぎ、濡れはじめた陰戸にも舌を這わせた。

すると美久も一物にしゃぶり付き、熱い鼻息を彼の股間に籠もらせながら亀頭を舐め回してくれた。

末吉は大きなオサネを舐め回し、チュッと吸い付くと、

「ンンッ……」

美久も呻き、強く亀頭に吸い付いてきた。

彼はヌメリをすすり、オサネから膣口まで舐め、伸び上がって肛門にも鼻を埋めて嗅ぎ、舌を這い回らせた。

そして小刻みにズンズンと股間を突き上げはじめると、美久も顔を上下させ、スポスポと強烈な摩擦を開始してくれた。

どうやら本格的に情交するには夜中で重く、明日にまで疲労が残りそうなのだろう。そして魘されて喉も渇き、今は子種の含まれた精汁を飲み込んで吸収したいようだった。

だから末吉も遠慮なく股間を突き上げ、彼女が集中しやすいように舐めるのを止め、見上げるだけにした。

「い、いきそう……」

末吉が高まって口走ると、美久も摩擦運動を激しくさせてくれた。

唾液に濡れた唇が亀頭の雁首を擦り、溢れた分がふぐりまで濡らしてきた。

たまに勢い余って当たる歯も、今は新鮮な刺激となり、とうとう末吉はそのまま昇り詰めてしまった。

「いく……、アアッ……！」

大きな快感に全身を貫かれて喘ぎ、彼は熱い精汁をドクンドクンと勢いよくほとばしらせ、美女の喉の奥を直撃した。

「ク……、ンン……」

吸引しながら受け止め、美久は熱く鼻を鳴らしながら、なおも吸引と舌の蠢《うごめ》きは続行してくれた。末吉は心置きなく快感を噛み締め、最後の一滴まで出し尽くしていった。

「ああ……」

彼が満足して声を洩らし、グッタリと身を投げ出すと、ようやく美久も舌の動きを止め、亀頭を含んだまま口に溜まった精汁をゴクリと飲み込んでくれた。

「く……」

口腔がキュッと締まると、末吉は駄目押しの快感に呻き、ピクンと幹を跳ね上げた。

彼女も口を離し、なおも幹を握って余りをしごきながら、鈴口に脹《ふく》らむ白濁の雫を丁寧に舐め取ってくれた。

「ど、どうか、もう……」

舌の刺激に腰をよじらせ、彼が降参するように言うと、やっと美久も舌を引っ込めて身を起こし、再び添い寝しながら搔巻を掛けてきた。

「美味しかった。お前の命が私の中に沁み込んでくる……」

美久は顔を寄せて囁《ささや》いた。その吐息に精汁の生臭さは残らず、さっきと同じ甘い花粉臭が彼の鼻腔を刺激した。

やがて肌をくっつけたまま、末吉もすっきりした気分で目を閉じた。

美久も、彼がいるので落ち着いたのだろう。やがてしばらくすると軽やかな寝息が聞こえてきたのだった。

三

「分かりました。ではこれにて」

翌朝、昨日の同心とその上役の与力が月光寺へ出向いてきて、一通りの説明を聞いただけで引き上げていった。

むろん美久が破落戸を殺めたこともお咎め無し。

ただ加代も誰も、平山弥一郎のことは一切なにも言わなかったので、役人たちも通りいっぺんの、破落戸たちによる白昼の大胆な押し込みと拐かし、ということで処理したようだった。

やはり二千石の大旗本がからむとなると、相当に厄介なことになる。

当然、捕縛された連中も弥一郎のことは言わなかったようだ。

仮に言ったところで証拠は無いし、普請奉行の方で簡単にもみ消してしまうことだろう。

そして美久が中屋敷へ帰ろうとすると、それを小夜が押し止めた。

「あの、姉上が、私と末吉さんを呼んでおります」

「え、姫様が……？」

「美久さんは庵主様と加代さんの警護のため、ここへ残って下さいませ」

「呼んでいるとは、どういうことでしょう」

美久は怪訝《けげん》な面持ちで言ったが、双子の不思議を思い出したようだ。

「しょ、承知致しました。姫様がご承知なら、私は残りましょう」

美久も要領を得ぬまま頷き、結局、末吉と小夜が二人で浜町へ出向くこととなった。

末吉は、可憐な尼僧と連れだって深川を出て、永代橋を渡った。

今日は涼しく、もう七夕も過ぎたので、初秋を思わせる風が爽やかに川面《かわも》を渡ってきた。

「ふふ……」

小夜が、歩きながら小さく笑った。

「え？　何か……」

「いえ、姉上と話をしていました。三人で戯れるのが楽しみだと」

小夜が清らかな笑みを浮かべて大胆に言い、顔立ちと内容の淫らさとの落差に末吉は戸惑った。

（さ、三人で……？）

そんなことが、これから行われようとしているのだろうか。

しかし通常の姉妹なら有り得ないかも知れないが、瓜二つで心も通じ合っている二人は、もう姉妹と言うより自分自身なのかも知れない。

やがて浜町の中屋敷に着き、二人で門から入ると、庭にいた若侍たちも小夜の正体を知っているのか、一斉に頭を下げてきた。

もっとも顔が同じだから、正体を知るも何もないかも知れない。

屋敷に入ると奥向きへ行き、末吉と小夜は照姫に挨拶をした。今日も姫君は、情交を目的としているため、気鬱に臥せっているふりをし、敷かれた布団に寝巻姿で座っていた。

「姉上様には、ご機嫌麗しゅう」

「無事で何よりです。昨日は危急の呼び出しに慌てましたが」

小夜が言うと、照姫も笑みを含んで答えた。

こうして二人揃っているところを見ても、衣装と髪以外は全て同じだった。

「しかし平山弥一郎とやらは、これで大人しくなるでしょうか。引き続き油断なきように」

「はい。今日は美久さんが警護してくれていますし、昨日の今日何かするとも思えませんので」

姉妹は全く同じ声で話していた。

心の中でも話せるのだろうが、別に末吉に聞かせるためではなく、やはり会ったときは声に出して語りたいようだった。

とにかく末吉は研ぎ澄まされた嗅覚で、室内に籠もる照姫の体臭と、ほんのり汗ばんだ小夜の匂いを感じ、股間が熱くなってきてしまった。基本的に同じ匂いだが、やはり二人いるので倍の濃さになっている。

それでも微妙な違いがあるのは、食しているものが異なるからだろう。

「では末吉、脱ぎましょう。今日は美久もいませんし」

照姫が言って帯を解き、寝巻を脱ぎ去ると、下には何も着けていなかった。

もちろん誰も来ぬよう厳命しているのだろう。

すると小夜も頭巾を脱いで立ち上がり、法衣《ほうい》を脱ぎはじめた。衣擦《きぬず》れの音とともに、みるみる小夜も白い肌を露わにさせていった。

末吉も手早く帯を解いて着物と下帯を脱ぎ去り、たちまち全裸になった。

「こちらへ」

照姫に招かれ、末吉は布団の真ん中に仰向けになった。一物はピンピンに屹立《きつりつ》し、期待にヒクヒクと震えていた。

小夜も続いて一糸まとわぬ姿になり、姉妹で左右から添い寝してきた。

「十九郎より逞しい」

「ええ、でも淫気は同じぐらいに強いです」

姉妹が両側から言い、末吉の肌を撫で回してきた。

二人それぞれが別の場所で情交しても、互いに快楽を分かち合ってしまうのだから、一緒にいるときはどのようになるのだろう。

とにかく末吉は身を投げ出し、姉妹に全てを任せた。

二人は左右から顔を寄せ、同時に彼の両の乳首に舌を這わせてきた。

「ああ……」

彼は妖しい快感に喘ぎ、肌をくすぐる息と舌の刺激にクネクネと身悶えた。

舌の蠢きも、軽やかに音を立てて吸う感触も実に良く似ていたが、微妙に非対称で、それがまた興奮と快感をそそるのだった。

彼の右側には黒髪の照姫、左は剃髪した小夜だ。

「か、噛んで下さいませ……」

言うと、二人もすぐ綺麗な歯でキュッと乳首を噛んでくれた。

「アア……、気持ちいい……、どうかもっと強く……」

末吉が身悶えながら言うと、姉妹も力を込め、甘美な痛み交じりの刺激を与えてくれた。

そして二人は乳首から移動し、彼の脇腹も舌と歯で愛撫しながら下降していった。もちろん歯形が付くほどには噛んでくれず、その上品な賞味の仕方に末吉は高まった。

臍にも交互に舌先がチロチロと這い、下腹から腰骨まで、まるで二匹のナメクジが這い回ったように、唾液の痕が縦横に印された。

二人は太腿から脚を舐め下り、とうとう同時に足裏に達した。

「い、いけません、そのような……」

末吉は畏《おそ》れ多さに声を洩らしたが、二人は厭わず彼の両足の裏を舐め回し、爪先にまでしゃぶり付いてきたのだった。

「ああ……、どうか……」

彼は申し訳ない快感に喘ぎ、照姫と小夜は申し合わせたように指の股に順々にヌルッと舌を割り込ませてきた。

たちまち爪先は清らかな唾液に濡れ、温かな泥濘《ぬかるみ》でも踏んでいる心地になり、末吉は足指で高貴な美女たちの舌を挟み付けた。

足を充分に舐め尽くすと、二人は彼を大股開きにさせ、脚の内側を舐め上げてきた。

両膝の間に進むと、内腿が舐められ、時に歯がキュッと食い込み、やがて二人は頬を寄せ合って股間に熱い息を混じらせて迫った。

すると、何と二人は末吉の両脚を浮かせ、まずは尻から舐め回してくれたのである。

交互にチロチロと肛門が舐められ、ヌルッと潜り込んだ。

「く……！」

彼は妖しい快感に呻き、モグモグと肛門で舌を締め付けて味わった。

一人が舌を抜くと、すぐにもう一人が押し込んでくる。もうどちらの舌が入っているのかも分からなくなり、屹立した一物が内側から操られるようにヒクヒクと上下した。

ようやく脚が下ろされると、今度は二人が同時にふぐりにしゃぶり付き、それぞれの睾丸を優しく吸い、舌で転がした。

そして袋全体が生温かな唾液にまみれると、二人は舌先でゆっくりと幹を舐め上げてきたのだ。

先端まで来ると、代わる代わる舌先で鈴口の粘液を舐め取り、張りつめた亀頭にも同時にしゃぶり付いてきた。

股間に熱い息が混じり、亀頭も二人分の唾液にまみれた。

照姫の長い黒髪がサラリと内腿をくすぐり、二人は交互に肉棒を呑み込み、吸い付きながらチュパッと離しては交代した。

これも、もうどちらの口に含まれているか分からないほど混乱し、彼は興奮に喘いだ。

口の中の温もりや舌の蠢きも実に良く似ていて、交互に吸われるうち、いよいよ末吉は危うくなってきてしまった。

「い、いきそうです……、どうか、お止めを……」

警告を発したが、二人は強烈な愛撫を止めず、吸引と舌の蠢きを執拗に繰り返した。

もう限界である。いけないと思いつつ、二人分の愛撫に我慢できず、そのまま末吉は大きな絶頂の快感に包まれてしまった。

「く……！」

突き上がる高まりに呻き、彼はありったけの熱い精汁をドクドクと勢いよくほとばしらせてしまったのだった。

四

「ンン……！」

ちょうど含んでいた照姫が、喉を直撃されて呻いた。

そしてスポンと口を離すと、すかさず小夜がしゃぶり付き、余りの噴出を受け止めてくれた。

「アア……」

末吉は吸い出されながら喘ぎ、恐いほどの快感にクネクネと腰をよじった。

もちろん照姫は、口に飛び込んだ第一撃を飲み下し、やがて小夜も最後の一滴まで吸い尽くしてくれ、亀頭を含んだまま飲み込んだ。

そして口を離すと、今度は二人で鈴口を舐め、余りの雫まで丁寧にすすってくれたのだ。

「あうう……、も、もうご勘弁を……」

末吉は過敏に反応しながら呻き、幹を震わせて悶えた。

ようやく二人とも舌を引っ込めてくれ、彼の股間から顔を上げた。

末吉は余韻の中で荒い息遣いを繰り返し、姫君たちの口に出したという畏れ多さに、いつまでも激しい動悸が治まらなかった。

やがて姉妹が並んで添い寝してきたので、彼は場所を空けて呼吸を整えた。

見ると、何と姉妹は精汁に濡れた互いの口を舐め合っているではないか。

何という妖しくも艶めかしい光景であろう。

そっくりな美少女たちが舌をからめ、熱い息を混じらせ、互いの乳房を探り合っているのだ。

これは女同士というより、自分自身との戯れで、何の抵抗もないのだろう。

それを見ていると末吉は休む余裕もなく、またすぐにもムクムクと回復してくるのを覚えた。

そこで肌をからませ合っている姉妹の、足の方へと移動していった。

二人の足裏に交互に顔を押し付け、舌を這わせた。そして指の股にも鼻を割り込ませ、匂いを貪って爪先にしゃぶり付いた。

やはり照姫は湿り気も匂いも淡く、歩いてきた小夜の方が蒸れた匂いがはっきり感じられた。

末吉は、それぞれの指の股を舐め回し、やはり姫君に敬意を表して姉の照姫の脚の内側から舐め上げ、股間に向かっていった。

白くムッチリとした内腿を舐め上げ、陰戸に迫ると、すでにはみ出した陰唇はネットリとした蜜汁にまみれ、熱気を籠もらせていた。

柔らかな若草に鼻を擦りつけ、上品に籠もる汗とゆばりの匂いを貪りながら舌を這わせ、淡い酸味のヌメリをすすった。

舌を挿し入れ、膣口に入り組む襞をクチュクチュ掻き回し、オサネまで舐め上げていくと、

「あぁッ……!」

照姫が熱く喘ぎ、ビクッと反応しながら小夜の顔を胸に抱きすくめた。

小夜も息を弾ませながら姉の乳首を含んでチュッと吸い付き、しきりに舌で転がしていた。

末吉は執拗にオサネを舌先で弾いては吸い付き、新たに溢れる大量の淫水を舐め取った。

そして隣の小夜の股間へと移動し、やはり恥毛に鼻を埋め込んで嗅いだ。

小夜の方が体臭がやや濃く、彼は鼻腔を刺激されながら舌を這わせ、やはり淡い酸味のヌメリをすすって膣口からオサネを味わった。

「ああ……、いい気持ち……」

小夜もうっとりと喘ぎ、照姫の左右の乳首を舐め回した。

彼は小夜の味と匂いを堪能してから脚を浮かせ、尻の谷間にも鼻を埋め込み、桃色の蕾に籠もった微香を貪って舌を這わせた。

襞を濡らしてヌルッと潜り込ませると、照姫が小夜の上になって跨がり、末吉の鼻先に白く丸い尻を突き出したのだ。同じようにここも舐めろと言っているのだろう。

末吉は充分に小夜の粘膜を味わってから、すぐ上にある照姫の尻の谷間に鼻を押しつけた。

ひんやりした双丘がキュッと心地よく彼の顔中に密着し、蕾に籠もった匂いが悩ましく鼻腔を刺激してきた。

こちらも充分に舐め回し、ヌルッとした粘膜まで味わうと、照姫も心地よさそうにキュッキュッと肛門で舌先を締め付けてきた。

やがて照姫が再び小夜に添い寝していったので、末吉も這い上がり、それぞれの桃色の乳首に吸い付いていった。どちらも双方の唾液に湿り、コリコリと硬く突き立っていた。

並んだ二人分の乳首を順々に舐め回し、柔らかな膨らみを顔中で味わってから彼は照姫の腋の下に鼻を埋め込んだ。

うっすらと生ぬるく湿ったそこは淡く甘ったるい汗の匂いが籠もり、舌を這わせてもあまり味はなかった。彼は両腋とも、鼻で和毛の感触を味わってから、小夜の腋にも顔を埋めた。

こちらは汗の匂いがやや濃く、末吉は胸いっぱいに吸い込みながら舌を這わせて和毛の感触を堪能したのだった。

「ね、入れたいわ。先に小夜から」

照姫が言い、再び末吉は二人の間に仰向けになった。

もちろん一物は、さっきの射精など無かったかのように回復し、ピンピンに屹立していた。

照姫は屈み込んで亀頭をしゃぶり、唾液で潤いを補充してくれた。

濡らしただけですぐにスポンと口を離すと、小夜が身を起こして跨がり、先端に陰戸を押し当ててきた。

息を詰めてゆっくり腰を沈み込ませると、

「アアッ……」

小夜が顔を仰け反らせ、目を閉じて喘ぎながらヌルヌルッと滑らかに根元まで受け入れていった。

剃髪した美少女の喘ぐ表情は何とも色っぽく、末吉は肉襞の摩擦と彼女の眺めに高まり、必死に肛門を引き締めて暴発を堪えた。

小夜は完全に座り込んで股間を密着させ、熱く濡れた膣内でキュッキュッと一物を味わった。

そして彼の胸に両手を突っ張り、可憐な乳房を揺すりながら、自分から腰を遣《つか》いはじめたのだった。

末吉も小刻みに股間を突き上げると、二人の接点からクチュクチュと湿った摩擦音が洩れ、溢れた淫水がふぐりまで生温かく濡らしてきた。

「い、いく……」

小夜はすぐにも高まって口走り、ヒクヒクと痙攣して気を遣った。

やはり照姫が近くにいるので感度も倍加し、すぐにも昇り詰めてしまったようだった。

末吉も、さっき射精したばかりなので辛うじて堪えることが出来た。

やがて小夜がグッタリと身を重ね、荒い呼吸を繰り返しながらも姉のため場所を空け、股間を引き離してゴロリと横になった。

すぐに照姫も身を起こして跨がってきた。そして小夜の蜜汁にまみれた一物を深々と陰戸に納めていった。

「アアッ……、いい……」

照姫が顔を仰け反らせて喘ぎ、同じようにキュッときつく締め付けてきた。

そして彼女が身を重ねてきたので、末吉も両手で抱き留めた。

すると余韻に浸り荒い呼吸を繰り返していた小夜も、横から肌を密着させ、顔を寄せてきたのだ。

どうやら気を遣ったあとも、照姫の感覚を共有し、またすぐにも果てそうになっているのかも知れない。そして照姫もまた、さっきの小夜の絶頂を感応し、すっかり高まっているようだった。

末吉は、締め付けも温もりも良く似た膣内で幹を震わせて快感を嚙み締め、上からの照姫と横からの小夜の肌を味わった。

照姫が上からピッタリと唇を重ねてくると、横から小夜も割り込み、三人が舌をからめることとなった。

これも実に贅沢な快感であった。

それぞれの唇の弾力が密着し、滑らかな舌が競い合うように彼の口に潜り込んでくるのである。

混じり合った清らかな唾液が彼の舌を濡らし、二人分の甘酸っぱい息の匂いが悩ましく鼻腔を刺激してきた。それが一物に伝わり、彼は激しく股間を突き上げてしまった。

「ンンッ……！」

照姫が感じて呻き、合わせて腰を遣いはじめた。

小夜も、照姫の快感を感じ取りながら熱く息を弾ませ、末吉の顔中は姉妹の吐息にしっとりと湿り気を帯びた。

「唾を、どうか……」

囁くと、二人とも懸命に分泌させ、トロトロと注ぎ込んでくれた。

末吉は混じり合った大量の生温かな粘液を味わい、うっとりと飲み込んで酔いしれた。

「アア……、顔中にも……」

言うと二人は唾液を垂らしながら、舌で彼の顔中をヌラヌラと舐め回し、かぐわしい粘液でまみれさせてくれた。

もう限界である。

末吉は膣内の摩擦と、二人分の唾液と吐息に高まり、そのまま昇り詰めてしまった。

「く……!」

大きな絶頂の快感に貫かれて呻くと同時に、熱い大量の精汁がドクンドクンと勢いよく照姫の内部にほとばしった。

五

「ああッ……、熱いわ、気持ちいいッ……!」

噴出を感じた照姫が、声を上ずらせて喘いで気を遣った。

そして精汁を飲み込むようにキュッキュッと膣内をきつく締め付け、全身もガクンガクンと狂おしい痙攣を繰り返した。

照姫の絶頂は小夜にも伝わり、

「アアーッ……！」

声を上げて激しく悶えた。

末吉は股間を突き上げ、二人の舌を舐めて唾液をすすり、混じり合った果実臭の息を嗅ぎながら、大きな快感の中で最後の一滴まで出し尽くした。

力尽きて突き上げを止めても、まだ膣内は艶めかしい収縮が続いていた。やはり姉妹の快楽が行き来し、延々と快楽が続いているようだった。

一物は刺激されて締め付けられるたびヒクヒクと断末魔のように脈打ち、膣内で跳ね上がった。

照姫も、その刺激にいつまでもクネクネと身悶え、粗相《そそう》したように淫水を漏らし続けていた。

やがて末吉はグッタリと身を投げ出し、姉妹の吐き出す甘酸っぱい息で鼻腔を満たしながら、うっとりと快感の余韻を噛み締めたのだった。

「ああ……、溶けてしまいそう……」

照姫が満足げに言い、力を抜いて体重を預けてきた。

横から密着している小夜も硬直を解き、荒い呼吸を繰り返しながら余韻に浸りはじめたようだった。

それにしても、大名の姉妹と三人で楽しむなど、江戸広しといえども、そうそう体験している男はいないだろう。まして自分は大名でも富豪でもない、一介の山猿なのである。

三人で呼吸を整えると、ようやく照姫が股間を引き離して起き上がった。

小夜も身を起こし、懐紙での処理もせず立ち上がったので、末吉も起き、三人で寝所を出た。

誰にも会わず、そのまま湯殿に移動すると、皆で身体を洗い流した。

風呂桶には残り湯があり、ぬるい湯が肌に心地よかった。

姉妹の肌も濡れ、湯殿内部には二人分の甘ったるい体臭が籠もった。

「どうか、このように……」

末吉は簀の子《すのこ》に座って言い、立たせた二人を左右の肩に跨がらせ、股間を顔に向けさせた。

「ゆばりを放って下さいませ」

末吉は、またムクムクと勃起しながら言い、それぞれの股間に鼻を埋めた。

湯に濡れた恥毛からは大部分の匂いが消えてしまい、それでも柔肉を舐めると新たな蜜汁が溢れて、舌の動きが滑らかになった。

「ああ……、良いのですか、出ます……」

先に小夜が声を震わせて言い、割れ目内部の肉を蠢かせた。

舌を這わせると、すぐにも温かな流れが溢れ、チョロチョロと勢いを増して口に注がれてきた。

味も匂いも淡く、末吉は嬉々として喉に流し込んだ。

「アア……、私も……」

すると反対側から照姫も言い、股間を突き出してきた。

まだ小夜の流れが終わらないうち、肌に浴びながら照姫の陰戸に舌を這わせると、柔肉が迫り出すように盛り上がった。

すぐに味わいと温もりが変化し、間もなくポタポタと雫が滴り、一条の弱い流れとなっていった。

こちらも実に上品な味わいで、彼は抵抗なく飲み込んだ。

やがて小夜の流れが治まると、末吉は顔を戻して余りの雫をすすった。

勢いを付けて肌を濡らしている照姫のゆばりも、徐々に弱まって点々と滴るだけとなった。

末吉は、小夜の柔肉を舐め尽くすと、照姫の陰戸に戻って雫を舐め取り、内部を舌で掻き回した。

二人とも新たな蜜汁を溢れさせ、今にも座り込みそうなほどガクガクと膝を震わせながら交互の愛撫を受けていた。

「ああ……、いい気持ち……」

全て出し切り、なおも愛撫を受けながら二人は言い、彼の上の方で身体を支え合っていた。

ようやく舌を離すと、一物は肌を伝い流れた二人分のゆばりに濡れ、雄々しく突き立ってしまっていた。しかし、もう今日は充分だろう。

三人でもう一度湯を浴びてから身体を拭き、皆で寝所へと戻ると、すっかり気が済んだように身繕いをした。

まだ日は高い。

やがて客間へ移動すると、昼餉《ひるげ》が出され、照姫も着物姿になって三人で食事をした。

「普請奉行、平山様のお屋敷を知りたいのですが」

「承知しました。調べさせましょう」

昼餉を終えて末吉が言うと、照姫が答えた。そして若侍の一人を呼んで使いに出してくれた。

「今度は、月光寺にも来て下さいまし」

「ええ、近々必ず」

小夜と照姫は仲むつまじく話し、言葉による会話以上に心が通じ合っているのが傍からも分かった。

「今日は、ここへ泊まって下さいな」

照姫が、小夜と末吉に言った。

まあ小夜も、少しぐらい尼寺の暮らしから抜けるのも良いだろうし、春恵も承知しているだろう。それに春恵と加代の警護は、美久がいるから心配は要らないし、弥一郎もすぐまた動くことは考えられない。

三人は夕刻まで、茶を飲んでのんびりと話して過ごし、やがて日が傾く頃に夕餉を囲んだ。

使いも戻り、平山家の場所も分かった。

小夜は照姫の寝所に一緒に寝ることになり、姉妹でいろいろ語り合うことだろう。末吉には、客間に床が敷き延べられた。

「私は、ちょっと弥一郎の様子など見てきますね。どうかご内密に」

末吉は小夜にだけそっと耳打ちし、皆が寝静まる頃にそっと中屋敷を抜け出していった。

まだ六つ半（午後七時頃）。木戸が閉まる四つ（午後十時頃）までは、一人で歩いていても怪しまれないだろう。もっとも怪しまれる前に、姿を隠すことぐらい造作もない。

弥一郎の屋敷は八丁堀にあった。

地図も書いてもらっていたので、江戸界隈の地理に疎《うと》い末吉でも何とか方角は分かる。

いかにも用事を済ませて帰る町人ふうを装い、小走りに夜の町を進んだ。

まだ宵の口だが、町家を抜け武家屋敷の連なる一角に入ると誰とも行き会わなかった。

やはり夜の江戸は、賑やかな昼間とは違う顔を持っているのだろう。

そして表札を見て回るうち、ようやく平山家に行き当たった。

やはり二千石ともなると、さすがに大きな門構えで、中の建物も、浜町の中屋敷より大きかった。

特に当てがあって来たわけではない。

どのような屋敷に住み、出来れば庭に侵入し、弥一郎の部屋でも確認すれば良かった。あるいは部屋にも入り込み、弥一郎の邪恋を窘《たしな》められれば、それに越したことはない。

とにかく裏手へ回り、邸内に入ってみようと思った。着物の裏地は黒だから、それを着て黒手拭いの頬かむりをすれば良いだろう。

しかし勝手口の方へ回ると、そのとき木戸が開いて頭巾の武士が出てきたではないか。

弥一郎のようだ。

周囲を窺《うかが》ってから、小走りに歩みはじめた。

咄嗟に物陰に潜んだ末吉も、着物を裏返すのを止め、そのまま忍び足で弥一郎のあとをついていった。

彼は川の方へと向かい、やがて寂しい場所にある一軒家に入っていった。

中からは、何人かのざわめきが聞こえていた。

誰かの隠居所が空き家になり、そこに何人かがたむろしているようだ。

そっと近づいて様子を窺うと、中では破落戸たちが博打を打っていた。

「これは、若殿」

一人が言い、弥一郎を迎え入れると、彼は一番奥に鷹揚に腰を下ろした。

末吉は、まだまだ弥一郎に多くの破落戸の仲間がいることを知ったのだった。

第五章　婀娜《あだ》な女の淫らな誘い

一

（全部で七人か……。もうこの他にはいないだろう……）

覗きながら、末吉は思った。

弥一郎と、破落戸《ごろつき》が四人。そして用心棒らしい浪人者と、三十少し前ぐらいの大年増が一人いた。

破落戸は、寄せ場からはみ出した連中。痩せた浪人は暗い顔をし、相当な遣《つか》い手に見えた。

そして大年増の女は、ぞっとするほど妖艶な美女である。

弥一郎は博打には加わらず、頭巾《ずきん》を外して酒を飲んでいた。浪人者は、いずれ仕官でも求めているのだろう。

弥一郎は金づるということもあり、皆からちやほやと持ち上げられて良い気分らしいが、今は髷《まげ》も斬られているし、加代の拐《かど》かしにも失敗したから沈みがちな様子だった。

「若殿、ここへ来て大丈夫なんですかい？」

「ああ、どうやら捕まった連中も口を割らなかったようだ。今日は家で大人しくしていたが、役人が来ることもなかったから大丈夫だろう」

破落戸に訊かれ、弥一郎が答えた。

「おや、酒がなくなったね。買ってこようか」

「おお、お園《その》、済まぬが頼む」

大年増が言って立ち上がると、弥一郎が財布から金を出した。どうやらこの刻限でも、頼めば売ってくれる酒屋を知っているのだろう。

末吉が常夜灯の陰に身を潜めると、園と呼ばれた女が出てきて、空徳利を持って向こうへと歩いて行った。

末吉も後をつけた。いつまで連中の様子を覗いていても、今夜は何の動きもないだろう。

「誰だい？」

途中で、目ざとく園が立ち止まって振り向いた。もちろん末吉も、わざと気配を消さなかったのだ。

「末吉と言います。お園さん、ですね」

「見ない顔だね」

園は、小柄な末吉の、大人しく無害そうな顔立ちを見ると警戒を解きながら答えた。

「ええ、お初です。今あの家を覗いて名を知ったものですから。私は、弥一郎さんの髷を斬った男ですよ」

「まあ……」

言うと、園は目を丸くし、まじまじと彼を見つめ、やがてクスリと肩をすくめて笑った。海千山千の流れ者らしく、相当に度胸も据わり、好奇心も旺盛のようだった。

「そう言えば、めっぽう強い小僧にやられたって言ってたけど、あんただったのね、末吉さん」

園は興味深く彼を見つめていたが、ふと空を見上げた。

「おや、雨だよ」

「ええ……」

末吉も雨粒を頰に受けて答えた。

「ゆっくり話したいね。雨なら、連中も私が勝手に帰ったと思うだろうさ」

園は、次第に強くなってくる降りの中、小走りに彼を案内した。

やがて彼女は手拭いを頭に被って走り、近くにあった仕舞屋《しもたや》に入って末吉を招き入れた。

「ここは？」

「私のねぐら。さる大店《おおだな》に借りてもらって、三味《しゃみ》を教えるのが表の稼業」

園は上がり込み、手拭いで肩や袖を拭って座った。

末吉も入って頭を拭き、周囲を見回した。

こぢんまりした家で、長火鉢と鏡台があり、隅には袋に入った三味線が立てかけられ、隣の部屋には床が敷き延べられていた。

「表？」

「ああ、裏は女壺振り。上州から流れてきたのさ。江戸は三年目」

園が悪びれずに言う。

「そうですか。さっきの家は？」

「平山様のご隠居が住んでいたけど、死んで空き家になったので弥一郎さんが勝手に使っているの。破落戸にからまれているところに通りかかって、私が助けたのさ。そして女の味を教えてやり、顔見知りの破落戸たちも面倒を見てもらうように」

園は包み隠さず話してくれた。もともと旗本や破落戸と、長く縁を持とうとは思っていないのだろう。

「あの、三十前後の浪人者は？」

「速見新十郎《はやみしんじゅうろう》。剣の遣い手で、弥一郎さんが奉行の跡目を継いだら取り立ててもらう心づもりなのだろうさ」

園は、長火鉢の燃えかすに火を起こして鉄瓶を乗せ、その火を行燈《あんどん》に移して言った。

「それで、末吉さんはなぜあの家を覗いていたのさ」

彼女も、末吉の方に話を振ってきた。

「何とか弥一郎さんに、加代さんへの懸想《けそう》を止めてもらう手立てはないものかと思案していまして」

言うと、途中から園はかぶりを振った。

「ああ、それは無理だろうね。親から、いくら釣り合いの取れる旗本娘をと言われても聞かないし、一度欲しいと思ったものは、どんなことをしても手に入れたがる我儘《わがまま》息子さ」

「そんなに激しく惚れたんでしょうか」

「さあ、執着だろうね。手に入れた途端、飽きるか苛めるかどちらかだろうし」

「ええ、私もそんなところだと思います」

「で、めっぽう強いって訊いてるけど、何者なのさ。町人じゃなさそうだし」

園が、凄みのある切れ長の眼差しを向けて訊いた。

「筑波の山育ちです。もともとすばしこい上、田畑を耕しながらひたすら身体を鍛えてきたので」

「へえ、大人しそうに見えるけどねえ」

「それで油断するのでしょうね」

「でも、お武家の脇差を奪って髷を斬るなんざ、簡単に出来ることじゃないだろう。まあ弥一郎さんは、それでなおさらあの女に執着しちまったのだろうけど。邪魔が多いとかえって燃えるものなんだろうね」

「腰巾着の旗本たちは？」

「ああ、あれは最初から意気地のない奴らさ。利き手に峰打ちを受けて、それですっかり怯えて、もう弥一郎さんと関わろうとしなくなったって」

園が言う。

外では、すっかり雨脚が強くなり、たまに遠雷も聞こえてきた。

「で、そのお加代ってのは、末吉さんの女になったのかい？」

「そういうわけじゃないけれど、あの寺は常陸にある皆川藩の管轄にあるから、旗本と大名の問題になるかも」

「そう……、まあ、そろそろ縁の切りどきかも知れないわ。最初は、すぐにも奉行になるかもってんで、一緒に旨い汁が吸えるかと思ったのだけれど、一人殺されて、残りも引っくくられたから、あの連中も他へ移ろうと思いはじめているでしょうね。残るのは速見さんぐらいのもので」

園も、いつでも他の土地へ流れていくことに不安はなく、江戸にも未練はないようだった。

「でも、最初の女なら、弥一郎さんはお園さんに執着しなかったのかな」

「するもんですか。最初からお加代に夢中で、それなのに無垢《むく》だったたから、私が少し悪戯《いたずら》して教えただけ」

「ははあ……」

「濡れてもいないのに入れて、のしかかって動くだけのつまらない男。もっとも大身の武士なんて、みんなそんなものでしょうね」

「じゃ、陰戸《ほと》を舐《な》めたりしないのかな」

「へえ、末吉さんは舐めてみたいのかい？」

園が目をキラリとさせ、身を乗り出して言った。

「そ、それは舐めたいですよ」

「したことは？」

「な、ないです……」

末吉は嘘を答えたが、その方が良い思いが出来そうな気がした。

何しろ園は色白で艶っぽく、胸も尻も実に豊かで、かつて通り過ぎた数多くの男たちの精気で輝いているような女なのだ。

「まあ、教えてやりたいわ。私で良ければ」

海千山千の割りに、無垢な男が好きらしい。

「ええ、お願いできるのなら……」

「いいわ、どうせ雨も当分止みそうにないし。じゃこっちに」

園は言い、立ち上がって隣の部屋に行燈を移すと、すぐにも帯を解きはじめたのだった。

末吉もそちらへ行き、帯を解いて着物と下帯を脱ぎ去ってしまった。

そして全裸で女の匂いの沁み付いた布団に横たわると、たちまち園も腰巻まで脱ぎ去り、一糸まとわぬ姿になると傍らに座って、しなやかな指先で彼の身体を撫で回してきたのだった。

二

「本当、引き締まっているわ。それに大きい……」

園は囁《ささや》き、末吉の胸板から腹、股間へと手のひらを這わせていった。

もちろん彼の肉棒は最大限に膨張し、ピンピンに屹立《きつりつ》していた。

「私のをいっぱい舐めてくれるのなら、私もしてあげる」

園が言うなり屈み込み、幹に指を添えて先端を舐め回してくれた。

「ああッ……」

末吉は唐突な快感に喘《あえ》ぎ、舌の刺激に幹を震わせた。

園は舌先でチロチロと鈴口を舐め、亀頭にしゃぶり付き、モグモグと味わうように根元まで呑み込んでいった。

含みながら園はチラと彼の表情を見上げ、熱い息で恥毛をそよがせながら吸い付いた。

内部ではクチュクチュと舌がからみつき、たちまち一物は妖しい美女の唾液に生温かくまみれた。

初めて、武家や尼僧以外の女と接し、末吉は新鮮な快感を得ていた。

園も音を立てて吸い付き、濡れた唇で摩擦してくれた。

「い、いきそう……」

やがて高まった彼が口走ると、園はスポンと口を引き離した。

「さあ、じゃ今度は私にして……」

彼女は言って添い寝し、身を投げ出してきた。

腕枕してもらうと、目の前で何とも豊かな乳房が息づき、甘ったるい体臭が彼を包み込んだ。

あとで聞くと二十八歳と言うことだが、その肌は春恵より滑らかで、美久よりしなやかな感じがした。

末吉は腋の下に顔を埋め、柔らかな腋毛に籠もった濃厚な汗の匂いを嗅いでから、やがて移動し、桜色の乳首にチュッと吸い付いていった。

舌で転がしながら乳房に顔を押し付けると、何とも豊かな膨《ふく》らみが柔らかく彼を包み込んだ。

しかし園は肌を緊張させることもなく、まるで子犬の戯れでも愛でているようにピクリとも反応しなかった。無垢な小僧の愛撫などで感じるものかと思っているのかも知れない。

しかし末吉は夢中で、小粋な美女の濃厚な体臭に噎《む》せ返りながら左右の乳首を交互に含んで舐め回し、腋の下にも顔を埋め込んでいった。

濃い腋毛に鼻を擦りつけると、甘ったるい汗の匂いが馥郁《ふくいく》と鼻腔《びくう》を刺激し、胸に広がった。

「汗臭いでしょう。嫌じゃないの？　変わった子だこと……」

拒みもせず園が言い、たまにくすぐったそうにピクリと肌を震わせた。

やがて末吉は熟《う》れ肌を舐め下り、滑らかな腹に頬を当て、形良い臍《へそ》にも舌を這わせた。そしてピンと張り詰めた下腹から腰、ムッチリした太腿も舌でたどっていった。

まばらな脛毛も艶めかしく、彼は足首まで下りると、回り込んで足裏に舌を這わせた。

踵《かかと》から土踏まずを舐め、指の股に鼻を押しつけると、そこは汗と脂にジットリと生ぬるく湿り、ムレムレの匂いが濃厚に沁み付いていた。

末吉は美女の足の匂いを貪《むさぼ》ってから爪先にしゃぶり付き、順々に指の間に舌を割り込ませて味わった。

「く……!」

初めて、園が息を詰めて呻《うめ》き、ビクッと反応した。

彼は全て舐め尽くし、もう片方の足指も味と匂いが薄れるまでしゃぶり、やがて脚の内側を舐め上げて股間に顔を迫らせていった。

両膝を割って進み、内腿を舐め上げて陰戸を観察すると、やはり我慢していたのか、はみ出した陰唇は興奮に色づき、間からはヌラヌラと蜜汁が溢れはじめていた。

そっと指を当てて陰唇を広げると、襞の入り組む膣口が妖しく息づき、光沢あるオサネもツンと突き立っていた。

末吉は、熱気と湿り気を感じながら、まずは腰を浮かせた。

そして白く豊満な尻の谷間に顔を寄せ、可憐な薄桃色の蕾に鼻を埋め込んでいった。

蕾には秘めやかな微香が籠もり、彼は何度も吸い込んで鼻腔を刺激され、舌先でチロチロと舐めて濡らし、ヌルッと潜り込ませて粘膜を味わった。

「あう……、嘘、そんなところ舐めるなんて……」

園が驚いたように言うと、潜り込んだ舌先をキュッと肛門できつく締め付けてきた。

末吉が中でクチュクチュと舌を蠢《うごめ》かせると、陰戸は正直に反応し、大量の淫水を漏らしてきた。

ようやく彼は舌を引き抜いて脚を下ろし、そのまま淡い酸味のヌメリを舐め取り、オサネに吸い付いていった。

「アアッ……！」

とうとう園が熱く喘ぎはじめ、ヒクヒクと白い下腹を波打たせ、内腿でキュッときつく彼の両頬を挟み付けてきた。

末吉も執拗にオサネを舐め回し、上の歯で包皮を剝いて吸い付き、たまに陰戸に満ちる淫水をすすった。

「き、気持ちいい……、入れて、お願い……」

園が降参したように言い、もうなりふり構わずに熱く息を弾ませてクネクネと身悶えた。

舐めてかかっていたようだが、末吉がどこもかしこも舐めるし、意外なほど巧みな舌技が効いたのだろう。同じ無垢でも、突っ込むだけの弥一郎とは格段の差があったようだ。

彼もすっかり待ちきれなくなり、舌を引っ込めて身を起こしていった。

股間を進め、屹立した一物に指を沿えて下向きにさせ、濡れた陰戸に擦りつけてヌメリを与えた。

「もう少し下よ……」

園は朦朧《もうろう》となりながらも、まだ彼を無垢と信じて言い、僅《わず》かに腰を浮かせて誘導してくれた。

股間を押しつけると、張りつめた亀頭が潜り込み、あとは滑らかな肉襞の摩擦を受け、ヌルヌルッと根元まで吸い込まれていった。

「あう……、いい……！」

園が身を弓なりに反らせて呻き、キュッときつく締め付けてきた。

末吉も温もりと感触を味わいながら股間を密着させ、身を重ねていった。

「ああ……、すごいわ……」

園も喘ぎながら、下から両手を回してしがみつき、待ちきれないようにズンズンと股間を突き上げてきた。

彼も合わせて腰を遣い、何とも心地よい摩擦に高まり、美女のかぐわしい口に迫っていった。

うっすらと紅の塗られた唇が開き、光沢ある歯並びが覗き、間からは熱く湿り気ある息が、甘い匂いを含んで彼の顔中に吐きかけられた。基本は春恵に似た白粉《おしろい》臭だが、さらに濃厚で悩ましく鼻腔が刺激された。

上から唇を重ね、舌を挿し入れると、

「ンンッ……！」

園もチュッと強く吸い付いて熱く鼻を鳴らし、ネットリと激しくからみつけてきた。

末吉は腰を突き動かしながら、美女の甘い唾液と吐息を吸収した。

彼女の舌は犬のように長く、生温かな唾液で滑らかに濡れていた。それが彼の口にも潜り込み、隅々《すみずみ》まで舐め回してくれた。

「い、いく！　気持ちいいッ……、ああーッ……！」

園が気を遣って口を離し、淫らに唾液の糸を引きながら声を上げた。同時にガクンガクンと狂おしい痙攣を開始し、膣内の収縮も最高潮にさせた。

末吉も、彼女の絶頂の渦に巻き込まれるように昇り詰め、大きな快感に全身を貫かれた。

「く……！」

突き上がる快感に呻きながら、熱い大量の精汁をドクドクと内部にほとばしらせると、

「あう、熱いわ、もっと……！」

園は噴出を感じ取り、駄目押しの快感を得ながら口走った。

末吉も心ゆくまで快感を味わい、艶めかしい摩擦のなか最後の一滴まで出し尽くしていった。

すっかり満足して力を抜き、体重を預けると、下で柔肌が心地よく弾んだ。

そして収縮する膣内に刺激され、ヒクヒクと幹を内部で上下させると、

「も、もう駄目、堪忍……」

感じすぎた園が声を震わせ、やがてグッタリと身を投げ出していった。

「上手だわ……、こんなに感じたの初めて……。それに、こんな女の足や尻まで舐める人なんて、他にいないわ……」

園が、まだ感激と快感に包まれているように囁き、熱っぽい眼差しで彼を見上げた。

末吉も遠慮なくもたれかかって温もりを味わい、かぐわしい息を胸いっぱいに嗅ぎながら快感の余韻に浸り込んでいった。

いつの間にか雨は止んだようで、外もすっかり静かになっていたのだった。

三

「ゆうべはどこへ？」

翌朝、朝餉《あさげ》を済ませると照姫と小夜が末吉に訊いた。

「ええ、普請奉行の屋敷を見て来ました。でも弥一郎は、屋敷ではなく、破落戸たちがたむろする一軒家にいました」

「まあ、まだ仲間が？」

小夜が、不安げに眉をひそめて訊いてきた。

「でも、いずれ離れていくことでしょう。彼に関わっていても、ろくなことにならないと分かりはじめたようですから」

末吉は答えた。

昨夜、園と交接した後また少し話し、夜中に中屋敷に帰ってきたのだ。

園も、末吉のように喧嘩も情交も手練《てだ》れの男が加代のそばにいるなら、弥一郎に分はないと判断したようだ。

それに近々園は上方《かみがた》へ行くつもりだったようで、自然に賭場も解散して、破落戸たちも散り散りになっていくことだろう。

すると、そこへ美久が一人で帰ってきたのだ。

「あ、寺の方は？」

「手習いが済んだので、庵主様と加代さんは一緒に檀家回りに。七つ（午後四時頃）には戻るというので、末吉もそれまでに寺へ戻ればよろしいかと」

「そうですか」

末吉は答え、美久は上がらず庭で袋竹刀を取り出した。ササラになった竹を布や皮で包んだ、稽古用の得物《えもの》である。

「末吉、手合わせを所望」

美久が言った。

確かに、約束だから仕方がない。末吉も縁側から庭に出た。

すると、日頃から稽古で美久に痛めつけられている若い藩士たちも見物に出てきて、照姫と小夜も縁側に座った。

「私は長物は使いませんので、これをお借りします」

末吉は言い、美久の帯にあった扇子を借りた。

「なに……」

「美久様は、その得物でどうぞ」

「おのれ、図《ず》に乗りおって……」

美久は小馬鹿にされたと思い、頬を紅潮させて答えた。

そして、自分は三尺（九十センチ強）はあろう袋竹刀を手にした。

礼を交わして対峙すると、見ていた若侍たちの間に緊張が走り、姉妹も縁側から息を呑んで見守った。

末吉は右手に扇子を持って前に出し、特に決まった型もないので、ただ半身に構えただけだった。

「参る。手加減はしないぞ」

美久が言って濃い眉を吊り上げ、じりじりと間合いを詰めてきた。

末吉は動かず、気負いもなく風に吹かれて立っているだけだ。

「ヤッ……!」

美久が裂帛《れっぱく》の気合いを発し、鋭く面を打ってきた。

末吉は、いつ躱《かわ》したとも分からぬほど素早く左に回り込み、伸びきった美久の右手首に扇子をポンと打ち付けていた。

「く……!」

美久は呻き、痛みなど感じぬほど軽い打ちなのに、まるで斬られたように顔をしかめて再び得物を薙ぎ払ってきた。

末吉は身を沈めて攻撃を躱し、再び起きたときには扇子の先が美久の喉元に突きつけられていた。

「うぬ、小賢しい。本気で打つなり突くなりしろ!」

美久は激高して言いながら、一歩下がって再び青眼《せいがん》。いや、唇を嚙み締めて上段の構えを取った。

しかし末吉は怯まず、一瞬のうちに懐へ飛び込んで、扇子の先で彼女の左乳を突いた。

心地よい弾力が伝わり、どうやら見事に乳首を突いたようだった。

「あッ……！」

美久は一瞬ビクリと硬直して声を洩らしたが、羞恥と衝撃で、さらに逆上し、そのまま得物の柄頭《つかがしら》で彼の顔を打ってきた。

末吉はその手首を摑んで回り込み、軽やかに彼女の腰を足で払い上げていた。

「うわ……！」

美久は見事に一回転し、庭に叩きつけられていた。

彼はなおも彼女の手首を摑んだままひねって決め、扇子の側面を首筋に当てていた。

「ま、参った……」

美久は下から彼を睨《にら》んだまま声を震わせて言い、すぐに強ばりを解いてグッタリと力を抜いた。

見ていた者たちからも、声にならぬ吐息が洩れた。

「すごい、末吉」

照姫は無邪気に言い、小夜も肩の力を抜いて安堵の表情を見せていた。

彼は美久を立たせ、袴の土を払ってやった。

「御無礼しました。本気で突けとの仰せでしたので」

「いや……、まるで子供扱いだった。私が今までしてきた修行は何だったのだろう……」

言うと、美久はすっかり意気消沈して答えた。

「いいえ、美久様はお強いです。ただ私のは、型にはまらぬ戦いですので」

「実戦に、型などなかろう……」

「あります。習い覚えた技を使おうとすれば、それは型にはまりますので」

末吉が言うと、美久も気を取り直し、藩士たちに向き直った。

「見た通りだ。今の立ち会いで私は何度も死んでいる。実戦とはこのように凄まじく、どんな種類の相手と巡り合うかも知れぬゆえ心するように」

「はい」

美久が言うと、若侍たちも素直に答えた。

そして彼女は、そのまま自分の部屋へと入ってしまった。

やがて早めの昼餉《ひるげ》を済ませると、末吉は小夜と一緒に中屋敷を出た。

二人で歩いて大川を渡り、月光寺に近づくと、一人の浪人者が境内《けいだい》を伺っているのが見えた。

羊羹色《ようかんいろ》の着流しに落とし差し、速見新十郎である。

「知り合いです。先に入っていてください」

末吉は言い、小夜を中に入れた。そして彼女が庫裡《くり》に入るのを見届けてから、末吉は迂回して新十郎の方へと近づいた。

彼も気づき、不敵な笑みを向けてきた。

「末吉というのは貴様か」

「ええ、速見新十郎さん」

「ほう、調べているのはこちらだけではないようだな」

新十郎は言ったが、特に害意はなさそうだ。

長身で痩せ細り、目が暗く全身から凶悪な雰囲気が醸《かも》し出されていた。今までヤクザ者の用心棒を渡り歩き、何人もの人を殺《あや》めてきたのだろう。

「加代を渡してもらいたい。十両でどうだ」

「それは話になりませんね」

「あの莫迦息子は親の金をくすねる度胸もない。十両が良いところだ。ただ正式に普請奉行になれば、材木問屋からの賄賂でいくらでも金は入る」

「いや、金の問題ではなく、私は彼女と所帯を持とうと思ってるんです」

末吉は言った。

もちろん本気である。最初に出会ったときから、そうした深い縁を感じていたのだった。

「そうか。まあ弥一郎と加代が一緒になるよりは、ずっと自然だな。実際、あいつの邪恋の行方など興味はないが、ただ俺は金が欲しい」

「お園さんも破落戸たちも、そろそろ弥一郎を見限るでしょう」

「ああ、俺もまとまった金を手にすれば、一緒に上方へでも流れたい。そろそろ手配書も江戸へ回ってくるだろうからな」

どうやら凶状持ちだったようだ。だから実際は、弥一郎が奉行に就任するまで待つつもりもないのだろう。

そして先日、破落戸たちが加代を拐かしに寺へ来たときには、新十郎はまだ雇われていなかったらしい。

「まあ結局、力づくで加代を奪うしかないか。そうなると、邪魔をする貴様と女武芸者を斬ることになる」

新十郎がジロリと末吉を見て言ったが、まだ刀に手をかけていない。

「今ここでやりますか？」

「ふふ、丸腰なのに良い度胸だ。いや、女武芸者とお前が二人でいるときにしよう。また来る」

新十郎は言い、懐手《ふところで》をしたまま踵《きびす》を返し、そのまま歩き去っていった。

それを見送ってから、やがて末吉が寺に入ると、小夜が心配そうに様子を窺《うかが》っていたのだった。

四

「あの人は……？」

「ああ、心配要りません。もう帰りましたから」

「あの旗本の仲間ですか？」

「ええ、でももう大丈夫ですので」

末吉は言いながら、熱い息を弾ませる小夜に激しく欲情した。まだ、春恵と加代が戻るまでは間があるだろう。

彼は小夜を離れに招き、手早く床を敷き延べた。

「構いませんか」

「ええ……、どうやら姉上もそれを察して、すでに床に入って自分を慰めはじめたようです……」

末吉が言うと、小夜も頬を染めて答えた。

そして次第に呼吸を荒くしはじめたのは、照姫の自慰による快感を受け止めているからなのだろう。

二人は全て脱ぎ去り、先に末吉は布団に仰向けになって両膝を立てた。

「どうか、ここに座ってください」

末吉が自分の下腹を指して言うと、小夜も興奮に突き動かされながら、恐る恐る跨《また》がり、腰を下ろしてきた。

完全に座り込むと、すでに蜜汁に濡れはじめた陰戸が下腹に密着した。

「では、両脚を伸ばして私の顔に」

言いながら彼女を立てた両膝に寄りかからせると、小夜もそろそろと片方ずつ足を伸ばし、両の足裏を彼の顔に乗せてくれた。

末吉は下腹と顔に、美しい尼僧の全体重を受け止め、陶然となりながら舌を這わせた。

小夜が座りにくそうに身じろぐたび、濡れた陰戸が艶めかしく吸い付いた。

彼は両の足裏を舐め、指の股に鼻を割り込ませて蒸れた匂いを貪り、爪先にもしゃぶり付いていった。

そして両足とも堪能すると、彼女の手を引っ張り、身体の上を前進させた。

小夜もゆっくり顔まで来てしゃがみ込み、陰戸を彼の鼻先に迫らせてきた。

割れ目からはみ出す陰唇が僅かに開かれ、中の桃色の柔肉《やわにく》と光沢あるオサネを覗かせていた。

溢れる蜜汁が、とうとう糸を引いてツツーッと滴ってきた。

それを舌に受けながら腰を抱き寄せ、彼は柔らかな茂みに鼻を埋め込んだ。

隅々には汗とゆばりの蒸れた芳香が籠もり、舌を這わせるとヌルッとした淡い酸味の蜜汁が流れ込んできた。

息づく膣口の襞を掻き回し、オサネまで舐め上げると、

「アアッ……！」

照姫の自慰ですっかり下地が出来上がっていた小夜は、すぐにも熱く喘ぎ、キュッと股間を押しつけてきた。

末吉は心地よい窒息感に噎せ返りながら懸命に舌を這わせ、清らかな体臭と蜜汁を貪った。

さらに白く丸い尻の真下に潜り込み、谷間の蕾に鼻を埋め込むと、ひんやりした双丘が顔中に心地よく密着してきた。

彼は生々しい匂いを貪って鼻腔を刺激され、舌先で蕾の襞を舐めて濡らし、ヌルッと潜り込ませて粘膜を味わった。

「く……」

小夜も呻きながら、キュッキュッと肛門で舌先を締め付けてきた。

やがて充分に舐めると、彼は再び陰戸に戻って新たな淫水を舐め取り、オサネに吸い付いていった。

「も、もう駄目……」

「どうか、ゆばりを……」

喘ぐ小夜に真下から言うと、彼女も必死に下腹に力を入れて尿意を高めた。

湯殿でさえ抵抗があるのに、布団の上というのもなかなか出しにくいだろうが彼は待ち、一物を期待に震わせた。

「で、出る……」

小夜が言うなり、ポタポタと温かな雫が滴り、間もなくチョロチョロと弱々しい流れになって口に注がれてきた。

末吉はこぼさないよう必死に飲み込み、鼻に抜ける悩ましい香りを味わった。

しかし、あまり溜まっていなかったようで、一瞬勢いが増しただけで、すぐにも流れは治まってしまった。

彼も噎せることなく、一滴もこぼさずに飲み干し、なおも舌を這わせて余りの雫をすすった。

たちまち新たな蜜汁が溢れて舌の動きを滑らかにさせ、オサネを舐めるたびビクッと下腹が波打った。

「も、もう堪忍……」

小夜が言い、自分から腰を浮かせて再び移動した。そして大股開きの彼の股間に腹這い、熱い息を籠もらせてきた。

末吉が両脚を浮かせて抱えると、小夜も厭わず彼の肛門を舐め回し、熱い鼻息でふぐりをくすぐった。

「く……！」

ヌルッと潜り込むと末吉は快感に呻き、肛門で小夜の舌先をキュッと締め付けた。彼女も内部でクチュクチュと舌を蠢かせ、やがて引き抜いてふぐりにしゃぶりついてきた。

睾丸を転がし、充分に袋全体を舐めて唾液に濡らすと、いよいよ肉棒の裏側を舐め上げ、先端まで来て鈴口から滲む粘液をすすってくれた。

そして亀頭をくわえ、ゆっくり根元まで呑み込んできたのだ。

「アア……」

末吉は快感に喘ぎ、小夜の口の中で唾液にまみれた一物を震わせた。

彼女も幹を濡れた口で丸く締め付けて吸い、熱い鼻息で恥毛をくすぐりながら念入りに舌をからみつけてくれた。

「い、入れたい……」

すっかり高まって言うと、小夜も同じ気持ちだったようで、すぐにもチュパッと口を引き離して身を起こし、彼の股間に跨がってきた。

先端を陰戸に受け入れ、ゆっくり座り込むと、屹立した肉棒もヌルヌルッと滑らかに根元まで呑み込まれていった。

「ああッ……、いい気持ち……」

小夜が顔を仰《の》け反《ぞ》らせて喘ぎ、何度かグリグリと密着した股間を擦りつけ、身を重ねてきた。

末吉も両手を回して抱き留め、温もりと感触を味わった。

下から潜り込むようにして桃色の乳首を含み、吸い付きながら舌で転がすと、顔中に柔らかな膨らみが密着し、生ぬるく甘ったるい体臭が彼の鼻腔を満たしてきた。

彼は左右の乳首を交互に吸い、充分に舐め回してから、腋の下にも顔を埋め込んでいった。

和毛《にこげ》にも濃厚な汗の匂いが沁み付き、末吉は噎せ返りながら嗅ぎまくり、小夜の中でヒクヒクと肉棒を震わせた。

「アア……」

小夜は喘ぎ、本格的に腰を遣いはじめた。

大量に溢れる蜜汁に律動が滑らかになり、二人の接点からクチュクチュと淫らに湿った摩擦音が響いてきた。滴る淫水に彼のふぐりから肛門の方にまで生温かな雫が滴り、たちまち彼は高まっていった。

やがて彼も両手を回してシッカリと小夜を抱き締め、次第に激しくズンズンと股間を突き上げはじめた。

そして下から唇を求め、小夜の喘ぐ口に鼻を押しつけた。渇いた唾液の匂いに交じり、甘酸っぱい口の匂いが馥郁と鼻腔を刺激してきた。

末吉はうっとりと酔いしれ、充分に美しき尼僧の果実臭の息を嗅いでから唇を重ね、舌を挿し入れていった。

滑らかな歯並びを舐め、桃色の引き締まった歯茎まで味わうと、小夜の口も開かれ、ネットリと舌がからみついてきた。

「ンン……」

小夜も熱く鼻を鳴らし、彼の舌に吸い付きながら、突き上げに合わせて腰を遣った。

「い、いっちゃう……、アアッ……！」

たちまち小夜が声を上ずらせて喘ぎ、そのままガクンガクンと狂おしい痙攣を起こして気を遣ってしまった。

同時に膣内の収縮も高まり、末吉も心地よい摩擦と、彼女の唾液と吐息を吸収しながら昇り詰めていった。

「く……！」

突き上がる絶頂の快感に呻きながら、ありったけの熱い精汁をドクドクと勢いよく柔肉の奥にほとばしらせた。

「ああ……、熱いわ……！」

小夜も噴出を感じ取って喘ぎ、快感を嚙み締めるようにキュッキュッときつく締め上げてきた。

末吉は小夜の重みと温もりを受け止め、甘酸っぱい息を嗅ぎながら心置きなく最後の一滴まで出しきった。そして収縮する膣内に刺激され、ヒクヒクと幹を震わせながら、うっとりと余韻を味わったのだった。

五

「途中で行き会いました」

戻ってきた春恵と加代が言い、何と一緒に美久も入ってきたではないか。

「今しばらく、末吉殿のそばで修行したいと思います」

美久はいつになく神妙に言った。よほど、藩士たちの前で末吉に負けたのが身に沁みたようだった。

まあ中屋敷の警護は、若侍たちが多くいるので構わないし、また美久も照姫の許しを得てこちらに来たのだろう。

やがて夕餉を済ませて片付けも終えると、末吉は離れへと戻った。

すると障子が破れ、室内に石が転がっているではないか。石は紙に包まれていたので広げると、それは新十郎からの果たし状だった。

「明朝六つ（夜明け頃）、境内に参上つかまつる。速見新十郎」

とだけ書かれていた。

おそらく美久が寺に来たのを見届け、すぐ投げ込んでいたのだろう。だから外を見ても無駄だろうし、すでに何の気配も感じられなかった。

そして彼は床を敷き延べ、寝巻に着替えると間もなく、やはり寝巻姿の美久が入ってきたのだ。

「明日から、稽古をつけて下さいませ」

美久が膝を着き、恭しく頭を下げて言った。

「いいえ、すでに美久様は藩内随一の腕をお持ちのはず。私などの真似をして型が崩れてはいけません」

「型にとらわれるなと言ったではありませんか」

「もう実戦などしないで済むでしょう。もっとも明朝、私は果たし合いをしますので、それに立ち合って戴き、良く見取って下さいませ」

「果たし合い……？」

美久が怪訝《けげん》そうに言うので、末吉も果たし状を見せた。

「これは、破落戸たちの仲間……？」

「ええ、相当な手練れですが、この浪人者一人だけで、もう破落戸は来ないでしょう」

「武士同士ならば私が立ち合いたい」

「いいえ、美久様では無理です」

「なに……」

言われて美久は、また負けん気の強そうな眉を吊り上げた。

「とにかく、全ては明朝のこと。まずは一緒に寝ましょう」

末吉は言い、着たばかりの寝巻を脱ぎ去って全裸になった。むろん美久も、淫気を抱えてここへ来たのである。

彼女も、これ以上の話より陰気を優先して黙り、手早く寝巻を脱ぎ去った。下には何も着けておらず、たちまち一糸まとわぬ姿になった。

「ね、ここに立って足の裏を私の顔に」

先に末吉は仰向けになり、屹立した一物を震わせて言った。

「そんな……、私よりずっと強い人を踏むなど……」

美久は尻込みしたが、彼が足首を摑んで引っ張ると、恐る恐る顔の横に来て立った。

そして壁に手を突いて身体を支えると、そろそろと片方の足を浮かせ、そっと末吉の顔に迫らせた。

「ああ……、このようなこと……」

美久は声を震わせ、膝をガクガクさせて足を乗せてきた。

末吉は、大きく逞しい女武芸者の足裏を鼻と口に受け、舌を這わせた。

指の股に鼻を押しつけると、今日も一日動き回ったのだろう。そこは汗と脂に生ぬるく湿り、蒸れた匂いが濃厚に沁み付いていた。

彼は美女の足の匂いで鼻腔を満たし、やがて爪先にしゃぶり付いて順々に指の間に舌を入れて味わった。

「アアッ……！」

美久は喘ぎ、彼は足を交代させて、心ゆくまで味と匂いを貪った。

両足とも舐め尽くすと、足首を摑んで顔を跨がせ、手を引いてしゃがみ込ませていった。

美久も厠《かわや》に入った格好になり、彼の鼻先に陰戸を迫らせてきた。

引き締まった内腿が、さらにムッチリと張り詰め、割れ目からはみ出した陰唇はヌメヌメと淫水に潤《うるお》っていた。

末吉は腰を抱えて引き寄せ、柔らかな茂みに鼻を埋め込んで嗅いだ。

汗とゆばりの匂いが濃厚に入り混じり、悩ましく鼻腔を掻き回してきた。その刺激が胸に沁み込むたび、一物がヒクヒクと歓喜に震えた。

濃い体臭に噎せ返りながら舌を這わせると、淡い酸味のヌメリが迎え、彼は膣口の襞を舐め回し、大きめのオサネまでたどっていった。

「あう……！」

美久が呻き、ビクッと内腿を震わせた。

末吉はオサネを吸い、尻の真下にも潜り込んで顔中に双丘を受け、谷間の蕾に鼻を押しつけた。

そこも悩ましい匂いが籠もり、心地よく鼻腔を刺激してきた。

彼は何度も深呼吸して胸を満たし、舌を這わせて息づく襞を濡らした。

ヌルッと潜り込ませて粘膜を味わうと、

「く……！　駄目……」

美久が息を詰めて呻き、モグモグと肛門で舌先を締め付けてきた。

彼は充分に舌を動かしてから引き抜き、再び陰戸に戻って新たなヌメリをすすり、オサネに吸い付いた。

「も、もう堪忍……」

美久がしゃがみ込んでいられず、両膝を着いた。

そして身を反転させ、女上位の二つ巴の体勢になりながら、一物にしゃぶり付いてきたのだ。

末吉も快感に息を詰め、下から腰を抱えながら執拗にオサネを舐め、美久の口の中で唾液にまみれた幹を震わせた。

「ンン……」

美久は熱く呻き、鼻息でふぐりをくすぐりながら強く吸い、ネットリと舌をからみつけてきた。

互いの最も感じる部分を舐め合うと、末吉も高まってきた。

すると彼女も限界に達したようにスポンと口を引き離し、ゴロリと横になってきたのだ。

末吉は身を起こし、彼女の股を割って股間を進め、本手（正常位）でゆっくりヌルヌルッと根元まで挿入していった。

「あぁッ……、いい……！」

美久が身を反らせて喘ぎ、キュッときつく締め付けてきた。

彼も股間を密着させ、温もりと感触を味わいながら身を重ねた。まだ動かず、屈み込んで色づいた乳首に吸い付き、顔中を膨らみに押し付けた。

コリコリと硬く勃起した乳首を舌で転がし、もう片方も含んで充分に舐め回してから、末吉は美久の腋の下に顔を埋め込んだ。

じっとり汗ばんで湿った腋毛に鼻を擦りつけ、甘ったるい濃厚な体臭に噎せ返ると、膣内で肉棒がヒクヒクと跳ね上がった。

「く……」

美久が感じて呻き、徐々に股間を突き上げはじめた。

やがて末吉も腰を遣いながら、汗の味のする首筋を舐め上げ、かぐわしい息の洩れる口に迫った。

今日も美久の口は甘い花粉臭が籠もり、彼は鼻を押し当て、渇いた唾液交じりの息を嗅ぎながら、徐々に勢いを付けて動いた。

すると美久も舌を這わせ、彼の鼻の穴をヌラヌラと舐めてくれた。

末吉は唇を重ねて舌をからめ、美女の唾液と吐息に高まっていった。

「い、いきそう……！」

美久が口を離して喘ぎ、膣内の収縮を活発にさせてきた。

末吉も充分に高まり、心地よい肉襞の摩擦の中で昇り詰め、ドクンドクンと勢いよく射精してしまった。

「あう……、いく……！」

熱い噴出を感じた途端、美久も声を洩らし、そのままガクガクと狂おしく腰を跳ね上げて気を遣ってしまった。

末吉は、艶めかしい収縮を繰り返す膣内で心ゆくまで快感を味わい、最後の一滴まで出し尽くしていった。

すっかり満足して徐々に動きを弱めていくと、美久もいつしかグッタリと身を投げ出し、なおもキュッキュッと締め付けていた。

彼は刺激されながらヒクヒクと幹を震わせ、美女の甘い刺激の吐息を間近に嗅ぎながら、うっとりと快感の余韻を嚙み締めたのだった。

力を抜いて身を預け、やがて呼吸を整えると股間を引き離した。

末吉は懐紙で互いの股間を拭き清めると、全裸のまま身体をくっつけて掻巻を掛けた。

「さあ、ではこのまま寝ましょう」

「夜明けに果たし合いなのに、眠れるのですか。何と剛胆な……」

末吉が言うと、美久も肌を密着させて答えた。

「え、ではおやすみなさい」

彼が言って目を閉じると、美久もなかなかに肝の太いところを見せ、やがて寝息を立てはじめたのだった。

第六章　快楽の日々よいつまで

一

「これから浪人者が果たし合いに来ますので、境内《けいだい》を血で汚すことになりますが、どうかお許しを」

朝、末吉は春恵に言った。

彼は七つ（午前四時頃）に目を覚まし、美久を起こして着替えたのだった。そして顔を洗い、読経《どきょう》を終えた春恵と加代たちと朝餉《あさげ》を済ませ、そこで打ち明けたのである。

「まあ……、では加代さんを奪いに来た破落戸《ごろつき》の仲間ですか……」

「ええ、でも来るのは一人、あるいは弥一郎も一緒でしょうね」

「浪人者と言うのは、相当に強いのですね。末吉さんの勝ち目は？」

「まず、百に一つも私が負けることはありません」

末吉が言うと、ビクリと美久が顔を上げて彼を見た。

「そう、ならば構いません。ご存分に」

春恵も、あまりに末吉があっけらかんと言うので、笑みさえ含んで頷いた。

しかし小夜と加代は不安げだった。特に加代は、自分のために人が殺し合うのだから居たたまれないようだ。

むろん末吉も新十郎に対し、手加減することは出来るだろうが、生かしたところでまた襲ってくるし、元々兇状持ちなのだから、捕まればどちらにしろ死罪だろう。

「私がやる」

「いいえ、美久様は検分して下さい。脇差をお借りします」

思い詰めたように言う美久に答え、末吉は彼女の脇差を借りた。

そして皆で、ゆっくりと茶を飲んで時を待った。

「では、そろそろ来るでしょう。今さら卑怯なことはしないと思いますが、早めに外で待ちます」

やがて末吉は言い、帯に脇差を差して外に出た。

東天がすっかり白み、境内も薄明るくなってきていた。

末吉は朝の冷気を吸い込んで伸びをした。美久も頰を強ばらせて外に出てきたが、加代と小夜は恐くて見られないようだ。

春恵は、さすがに元武家だから美久の脇に付いた。

と、少し待つうちに二つの影が堂々と山門から入ってきた。

新十郎と、頭巾《ずきん》姿の弥一郎だ。その他の破落戸などは誰もいないので、すでに解散したのだろう。

と、明け六つの鐘の音が遠くから聞こえ、やがて日が昇ってきた。

鐘が鳴り終えるのを待つように、新十郎が近づいて言った。

「脇差で良いのか」

「ええ」

「か、加代は中にいるのだろうな……」

末吉が答えると、弥一郎が声を震わせて言った。

「いますよ。でも、もう諦めたらいかがでしょう」

「だ、黙れ……、さあ、速見さん、頼む。あいつと女丈夫《おんなじょうぶ》の二人を早く」

弥一郎は言いながら後退した。

「では、参るぞ」

新十郎が言い、落とし差しの大刀をスラリと抜きながら、曙光を避けるように回り込んできた。

末吉も相手に合わせて間合いを取り、左腰の脇差を鞘《さや》ぐるみ抜いた。

そして柄を下にして抜刀し、左手に持った鞘を水平に、右手の脇差しを真上に向けた。

「ふ、十文字の構えか」

新十郎が言って殺気を漲《みなぎ》らせ、あとは無駄口もきかず迫ってきた。

見ていた美久も息を詰めて新十郎を睨《にら》み、いつでも飛び出せるよう鯉口《こいぐち》を切って待機していた。

しかし、勝負は一瞬にしてついていたのだ。

末吉は、左手の鞘を発止《はっし》と投げつけ、それを新十郎が顔の前で弾き返した。

だが同時に、末吉の脇差が彼の胸板に深々と刺さっていたのである。

末吉が投げたのは、鞘だけではなかったのだ。

「え、得物《えもの》を投げるとは……」

新十郎は顔を歪めて言い、ガックリと両膝を着いた。

「済みません。剣技を披露する間もなくて」

末吉は頭を下げて言った。

新十郎は、笑ったように微かに口元を歪め、胸から腹まで血に染めながら突っ伏していった。

「う、うわ……！」

弥一郎が声を震わせ、抜けそうな腰を立て直しながら這々《ほうほう》の体《てい》で山門へ向かおうとした。

すると、そのとき二騎の馬が入ってきたのである。

中屋敷の若侍たちが、役人も引き連れていた。

どうやら小夜が、末吉の話を聞いたときから照姫に危機を伝え、いち早く役人に報せて到着してくれたのだった。

たちまち弥一郎は捕縛されてしまった。

「美久様がしたことに、お願い致します。私の素性は内緒だから面倒ですので」

「しょ、承知……」

末吉が美久に耳打ちすると、すぐに察した彼女は頷き、すでに事切れている新十郎に迫り、脇差を引き抜き鞘を拾った。

そして彼女は懐紙で刀身を拭って納め、腰に帯びた。

「この浪人者は？」

役人が前に出て、倒れている新十郎を指して言った。

「その頭巾、平山弥一郎の仲間、加代を襲いに来た速見新十郎」

美久が、凛《りん》とした声で答えた。

「なに、速見……、人相書きが回ってきたばかりだが……」

「確か兇状持ちと聞いている。手練《てだ》れゆえ手加減も出来ず斬り捨ててしまった」

「お手前は」

「皆川藩剣術指南、上杉美久」

「なるほど、以前も破落戸を成敗した方ですね」

役人たちも、最初から皆川藩の若侍に率いられて来たのだから呑み込みも早かった。その頃になると、ようやく小夜と加代も外に出てきて、恐々と成り行きを見守っていた。

「平山弥一郎とは？」

役人が振り返ると、縛られた弥一郎は頭巾も取られてザンバラ髪を露わにしていた。

「お、俺は何もしていない……!」

弥一郎は喚いていたが、美久が素性を話した。

「その者の父親は普請奉行と聞いている。寄せ場をあぶれた破落戸を飼い慣らし、娘を拐《かどわ》かそうとした張本人」

「なに、普請奉行の……」

言われて、役人たちも色めき立ったが、とにかく引き立てて事情を聞くことにしたようだ。新十郎の遺骸も戸板に乗せられ、やがて運び出されていった。

「では、あらためて後日、事情を伺いに参ります」

それで役人は引き上げてゆき、若侍たちも皆に辞儀をし、馬を引いて境内を出て行った。

やがて境内に静寂が戻ると、末吉たちも中に入った。

「あまりに早すぎて、見極められなかった……」

美久が言い、春恵が入れてくれた茶を飲み干した。

さっきは興奮する間もなく、今になって震えがきたようだった。

「戦場はあんなものでしょう。どんな手を使おうとも、生き延びた者が自分に都合の良い手柄話を作ってゆくのです。それより、鞘を傷つけてしまいました」

末吉が言い、美久が見ると、確かに脇差の鞘は新十郎の刀に弾かれて傷になっていた。

「ああ、構わぬ。良き思い出にしよう。ときに、もし私が立ち合っていたらどうなった？」

「今頃、美久様が戸板で運ばれています」

「なに……！　やはりそれほどの手練れであったか……」

末吉の言葉に、美久は矜持《きょうじ》を傷つけられたようだが、すぐに慢心を捨ててうなだれた。

強い末吉が言うのだから、それが本当のところと思ったのだろう。

「弥一郎様は、どうなりますか」

加代が訊いた。

「あの人は誰も殺していないから、入牢《じゅろう》するようなことはないでしょう。親の力で釈放されるだろうけど、髷《まげ》を斬られたうえ縄目の恥辱も受けたのだから、相当父親に絞られるでしょうね。破落戸たちと付き合っていたのだから、まず謹慎のうえ、親の決めた嫁を取らされるのでは」

「では……」

「もう、加代さんのことは諦めるでしょう。もう仲間はいないし、ここには私や美久様がいるのですから」

「ええ」

言うと、加代も安心したように、ようやく笑みを洩らしたのだった。

「それで、まだ尼になる気ですか」

春恵が、加代に訊いた。

「いえ、それは……」

「もし末吉さんと一緒になるのなら、家と働き口を探しますが」

春恵が、末吉と加代を交互に見て言い、彼も、そうなれば嬉しいと思った。

二

「おお、まだいらっしゃいましたか」

昼過ぎに末吉が園を訪ねると、彼女はまだその家にいた。

「まあ、末吉さん」

彼女も驚いて彼を迎え入れてくれた。

「ええ、今日のお昼まで最後の三味《しゃみ》のお稽古をして、明日にも出て行くつもりでした」

「そうですか、会えて良かった」

末吉は言い、美しい園を見た。

しかし破落戸たちと縁を切り、明日にも上方《かみがた》へ発つという彼女は、もう妖しい雰囲気もなく、実にすっきりした表情になっていた。

「弥一郎さんが捕まったことで、ここに役人は？」

「来やしません。あの人はお調べでも、悪い仲間との付き合いなんか口にしないでしょう。今はお屋敷で謹慎しているはずです」

「ええ、もうお加代さんにも累は及ばないでしょうね」

末吉は言い、股間を熱くさせてしまった。

弥一郎も腹を切るほどのことはしていないし、事は公になっていないのだから父親も職を失うようなこともないだろう。とにかく、加代への執拗な思い込みさえ失せればそれで良いのである。

「速見様も、あなたが仕留めたのですって？　なんてすごい……」

園が言う。どうやら独自の情報網を持っているようだ。

「ええ、済まないことをしましたが、仕方がなかったんです。お園さんは、あの人とも関係を？」

「ねえ、そんな話より、お名残惜しいのでどうか……」

園も淫気を催したように、隣の部屋に床を敷き延べて言った。

もちろん末吉もそちらへ行って帯を解き、手早く着物を脱いで全裸になってしまった。

園も衣擦《きぬず》れの音を立て、優雅で艶めかしい仕草で脱ぎはじめていった。

一緒に添い寝すると、園が腕枕してくれ、きつく抱きすくめてきた。

「アア、嬉しい。もう会えないと思っていたの……」

園が熱く息を弾ませて言い、熟《う》れ肌を密着させてきた。

末吉も彼女の腋の下に鼻を埋め込み、色っぽい腋毛に籠もる甘ったるい汗の匂いで鼻腔《びくう》を満たし、激しく勃起していった。

美女の体臭を胸いっぱいに嗅いでから、鼻先にある色づいた乳首に吸い付き、舌で転がすと、

「あぁッ……！」

園はすぐにも喘《あえ》ぎ、クネクネと悶えはじめた。

末吉はのしかかり、左右の乳首を交互に含んで舐《な》め回し、顔中に豊かな膨《ふく》らみを感じてから、滑らかな肌を舐め下りていった。

園も、すっかり彼に身を任せて四肢を投げ出し、豊かな乳房を悩ましく息づかせていた。

彼は臍《へそ》を舐め、柔らかな腹部に顔中を埋め込んで弾力を味わい、張りのある下腹から腰骨を舐めると、

「あうう……、くすぐったいわ……」

園が腰をくねらせて呻《うめ》いた。

白くムッチリした太腿に移動し、脚を舐め下りると彼は園をうつ伏せにさせて足裏に舌を這わせた。

膝から折り曲げて指の股を嗅ぐと、今日もムレムレの匂いが濃く籠もり、末吉は充分に貪《むさぼ》ってから爪先にしゃぶりついた。

「く……、嬉しい……」

園が顔を伏せて呻き、彼の口の中で唾液に濡れた指を縮めた。やはり他に、ここまで舐めてくれる男はいなかったのだろう。

末吉は汗と脂の湿り気を味わい、両足とも心ゆくまで堪能した。

そして踵《かかと》から脹《ふく》ら脛《はぎ》、ヒカガミを舐め上げ、太腿から白く尻の丸みをたどり、腰から背中を舐めた。

肌は汗の味がし、彼は肩まで行って耳の裏側とうなじを舐め、髪の香油を嗅いでから再び尻に戻っていった。

俯せのまま股を開かせ、真ん中に腹這い、指で豊満な尻の谷間をムッチリと開き、キュッと閉じられた蕾に鼻を埋め込んだ。

双丘が顔中に密着し、蕾に籠もる秘めやかな微香を嗅いでから、舌先でチロチロとくすぐり、ヌルッと潜り込ませた。

「アアッ……！」

園が喘ぎ、キュッと肛門できつく舌先を締め付けてきた。

末吉は滑らかな粘膜を味わい、やがて顔を上げて彼女を再び仰向けにさせた。

片方の脚をくぐり、大股開きにさせて鼻先を寄せると、悩ましい匂いを含んだ熱気と湿り気が顔中を包み込んだ。

すでに陰唇は大量に溢れる淫水にヌラヌラとまみれ、恥毛の下の方にも雫を宿していた。

茂みの丘に鼻を埋め込むと、汗とゆばりの匂いが鼻腔を刺激してきた。

末吉は胸いっぱいに嗅ぎながら舌を這わせ、淡い酸味の蜜汁をすすり、息づく膣口の襞を掻き回した。

そしてツンと突き立ったオサネまで舐め上げていくと、

「ああ……、何ていい気持ち……」

園がビクッと顔を仰《の》け反《ぞ》らせて喘ぎ、内腿でキュッときつく彼の両頬を挟み付けてきた。

そして執拗に舐め回しては、溢れる淫水をすすっていると、

「お、お願い……、いきそう、入れて……」

園がクネクネと腰をよじり、降参するように口走った。

末吉も股間から這い出して添い寝し、彼女を上にさせた。

「ここ、可愛がって……」

勃起した肉棒を指して言うと、園も彼の股間に移動して腹這い、熱い息を吐きかけてきた。

すると彼女は末吉の脚を浮かせ、自分がされたように肛門から舐めてくれた。

チロチロと舌が這い、ヌルッと浅く潜り込み、内部でクチュクチュと蠢《うごめ》いた。

「く……」

末吉は妖しい快感に呻き、モグモグと肛門で美女の舌を締め付けて味わった。

やがて園は舌を引き抜き、彼の脚を下ろしながらふぐりを舐め回し、睾丸を転がしてから肉棒の裏側を舐め上げてきた。

先端まで来ると舌先でチロチロと、鈴口から滲む粘液を舐め取ってくれ、そのまま亀頭にしゃぶり付き、スッポリと喉の奥まで呑み込んでいった。

「アア……」

末吉は喘ぎ、美女の温かく濡れた口の中でヒクヒクと幹を震わせて高まった。

園も上気した頬をすぼめて吸い付き、熱い鼻息で恥毛をそよがせながら、口の中では執拗に舌をからませてくれた。

「も、もう……」

末吉が充分に高まり、絶頂を迫らせながら言うと、彼女もスポンと口を引き離した。

「どうか、上から……」

言うと園も身を起こして跨《また》がり、自らの唾液に濡れた先端に陰戸《ほと》を押し付けてきた。息を詰めてゆっくり受け入れると、たちまち一物はヌルヌルッと肉襞の摩擦を受けながら根元まで吸い込まれていった。

「あぁッ……、いいわ……！」

完全に座り込むと、園が顔を仰け反らせて喘ぎ、密着した股間をグリグリ擦りつけながら、味わうように締め付けてきた。

末吉が両手を伸ばして抱き寄せると、園も身を重ね、彼の肩に腕を回し、肌の前面を押し付けた。

彼は重みと温もりを受け止め、僅《わず》かに両膝を立て、小刻みに股間を突き上げはじめた。

「ああ……、すぐいきそう……、もっと突いて、強く奥まで……」

園が喘ぎ、突き上げに合わせて腰を遣《つか》った。大量に溢れた淫水が律動を滑らかにさせ、クチュクチュと淫らな摩擦音を響かせながら、互いの股間をビショビショにさせた。

下から唇を求めると、園の口からは熱く湿り気ある、甘い花粉臭の息が濃厚に洩れていた。

末吉は美女の甘い息に酔いしれながら唇を重ね、ネットリと舌をからめた。

「ンンッ……！」

園も、次第に腰の動きを速めながら、彼の舌に吸い付いて呻いた。

末吉は美女の唾液と吐息に酔いしれながら、次第に激しく突き上げ、とうとう昇り詰めてしまった。

「く……！」

快感に身を震わせながら呻き、熱い大量の精汁をドクドクと内部に注ぐと、

「い、いく……、アアーッ……！」

園も噴出を感じ取り、口を離して喘いだ。

同時にガクンガクンと狂おしい痙攣を起こし、膣内を締め付けながら気を遣ってしまった。

末吉は快感に身悶えながら、心置きなく最後の一滴まで出し尽くした。

そして満足しながら突き上げを弱めていくと、

「ああ……、もう駄目……」

園も力尽きたように声を洩らすと、硬直を解いてグッタリと彼に体重を預けてきた。

まだ膣内は名残惜しげな収縮を繰り返し、刺激された一物がヒクヒクと跳ね上がると、さらに彼女も感じてきつく締め上げてきた。

「アア……、江戸から離れたくなくなってしまったわ……」

園が言い、末吉は美女の熱く甘い息を嗅ぎながら、うっとりと快感の余韻を噛み締めたのだった。

三

「檀家の知り合いが、深川で料亭を開いています。そこで、板前の見習と仲居を探しているのだけれど、夫婦者で住み込みが出来るようです」

夜半、離れに春恵が来て末吉に言った。

もう小夜と加代は寝たようだった。

「本当ですか……。もし私たちで良ければ是非にもお願いしたいのですが」

末吉は、身を乗り出して言った。

いつまでも月光寺の世話になっているのも心苦しく、それは加代も、尼にならない以上同じ思いだったようだ。

「そうですか。実は加代さんには先にお話ししました。御家人が、仲居の仕事でも大丈夫かと聞くと、加代さんも喜んで働きたいようです」

「では、よろしくお願い致します」

「ええ、ではそのように進めましょう。では祝言は」

春恵も笑みを浮かべ、頷いて答えた。

「いいえ、私たちはどちらも天涯孤独ですので、そうしたことはもっと一人前になってからで」

「分かりました。ではいずれ、あらためて祝言をしましょう。別に急ぐことではないので好きなときに」

春恵が言い、話を終えると末吉は急激に淫気を催してしまった。近々ここを出るのだから、なおさら観音様のように美しい尼僧に欲情した。

すでに床も敷き延べられ、末吉も寝巻姿である。

「構いませんか」

「ええ……」

言うと春恵も頷き、静かに立ち上がって頭巾と法衣《ほうい》を脱ぎはじめてくれた。

末吉は先に全裸になって布団に横たわり、見る見る白い熟れ肌を露わにしてゆく春恵を見つめた。

そして一糸まとわぬ姿になった春恵が布団に近づくと、彼は手を伸ばして彼女の足首を摑んで引っ張った。

「足を……」

「こうですか……？」

言うと、春恵もそろそろと脚を伸ばし、足裏を彼の顔に乗せてくれた。

末吉は顔に美女の足裏を受け止め、踏まれる邪鬼のように身悶えた。

踵から土踏まずに舌を這わせ、指の股に鼻を割り込ませると、汗と脂の湿り気が籠もり、蒸れた匂いが沁み付いていた。

末吉は嬉々として匂いを貪り、爪先にしゃぶり付いて、順々に指の間を舐め回した。

「ああ……、くすぐったい……」

春恵がうっとりと喘ぎ、指先を震わせた。

末吉は足を交代してもらい、そちらも存分に味と匂いを貪ってから、彼女に顔に跨がってもらった。

しゃがみ込ませると、白く豊満な脹ら脛と内腿がムッチリと張り詰め、熱気の籠もる陰戸が鼻先に迫ってきた。

末吉は下から腰を抱え込み、柔らかな茂みに鼻を擦りつけて嗅いだ。全体は甘ったるい汗の匂いが籠もり、下の方にはゆばりの刺激も混じっていた。

彼は何度も胸を膨らませて嗅ぎ、美女の悩ましい体臭で鼻腔を刺激されながら舐め回した。

陰唇の内側はすでに熱い淫水が溢れ、淡い酸味のヌメリが舌の動きを滑らかにさせた。そして息づく膣口の襞をクチュクチュと掻き回し、オサネまで舐め上げていくと、

「アアッ……」

春恵が熱く喘ぎ、思わず座り込みそうになって必死に両足を踏ん張った。

末吉は美女の味と匂いを堪能してから、白く豊満な尻の真下に潜り込み、顔中にひんやりした双丘を受け止めながら谷間の蕾に鼻を埋め込んだ。

やはり淡い汗の匂いに混じり、生々しい匂いが鼻腔を心地よく刺激し、彼はくすぐるようにチロチロ舐め回した。

さらにヌルッと潜り込ませ、滑らかな粘膜を味わうと、

「く……」

春恵が呻き、キュッときつく肛門で舌先を締め付けてきた。

末吉は舌を蠢かせ、充分に味わってから再び陰戸に戻り、溢れる蜜汁をすすってオサネにも吸い付いた。

「も、もう……」

すっかり高まった春恵が、腰をくねらせて降参した。

「ゆばりを下さいませ……」

しかし彼は真下から離れず、腰を抱えて陰戸を吸い続けた。

すると春恵も息を詰め、懸命に快感に耐えながら尿意を高めてくれた。

「あう……、出る……」

やがて春恵が息を詰めて言い、同時にチョロチョロと温かな流れが彼の口に注がれてきた。

末吉は噎《む》せないよう注意しながら受け止め、味わう余裕もなく夢中で喉に流し込んだ。もちろん何の抵抗もなく、味と匂いは実に淡く控えめで、上品なものであった。

それでも、いくらも溜まっていなかったようで、すぐにも勢いが弱まり、彼は一滴もこぼさず飲み干すことが出来た。

「アア……」

春恵が声を洩らし、ピクンと下腹を波打たせた。

なおも彼は残り香の中で舐め回し、余りの雫をすすった。

するとと、たちまち新たな淫水が溢れて淡い酸味のヌメリが満ちていった。

やがて春恵が自分から股間を引き離し、仰向けの彼の上を移動し、一物にしゃぶり付いてくれた。

鈴口を舐め回してからスッポリと喉の奥まで呑み込み、チュッと吸い付きながら舌をからめ、熱い息を股間に籠もらせた。

「ああ……、いきそう……」

末吉も急激に高まり、美女の唾液に温かくまみれた肉棒を震わせながら腰をよじり、彼女の手を引っ張った。

すると春恵もスポンと口を離して身を起こし、前進して彼の股間に跨がってきた。先端に陰戸を押し付け、位置を定めてゆっくり腰を沈め、ヌルヌルッと受け入れていった。

「ああッ……、いい気持ち……」

春恵が完全に座り込んで喘ぎ、キュッときつく締め付けてきた。

末吉も肉襞の摩擦と温もりに包まれ、中でヒクヒクと幹を震わせながら快感を嚙み締めた。

すぐに彼女が身を重ねてきたので、末吉も顔を上げ、たわわに実る膨らみに顔を埋め込んで乳首を吸った。

甘ったるい体臭に包まれながら左右の乳首を代わる代わる含んで舐め、さらに腋の下にも顔を埋め、腋毛に籠もった濃厚な汗の匂いに噎せ返った。

そして両手でしがみつきながら、下から唇を重ねていった。

柔らかな唇が密着し、舌を挿し入れて滑らかな歯並びを舐めると、すぐに彼女もネットリとからみつけてきた。

「ンンッ……！」

ズンズンと股間を突き上げると、春恵が熱く呻き、チュッと強く彼の舌に吸い付き、自分も腰を遣ってくれた。

溢れる淫水が彼のふぐりから肛門にまで滴り、滑らかな律動に合わせてピチャクチャと卑猥な摩擦音が響いた。

春恵の口の中は、白粉《おしろい》のように甘い刺激の匂いが籠もり、末吉は美女の吐息と唾液を吸収しながら突き上げを強めていった。

「い、いく……、アアーッ……！」

たちまち春恵が声を上ずらせ、淫らに唾液の糸を引いて口を離すなり、ガクンガクンと絶頂の痙攣を起こしはじめた。

膣内の収縮も高まり、続いて末吉も気を遣り、溶けてしまいそうな快感に全身を包み込まれてしまった。

「く……！」

昇り詰めて呻き、ありったけの熱い精汁をドクドクと勢いよく内部に放つと、

「あう……、もっと……！」

噴出を感じた春恵が、駄目押しの快感を得たように口走り、さらにキュッキュッと艶めかしく締め付けてきた。

末吉は心ゆくまで快感を味わい、最後の一滴まで出し尽くした。

そして満足しながら突き上げを弱めて力を抜き、美女の重みと温もりを受け止めた。

彼女も熟れ肌の強ばりを解きながら、グッタリと力を抜いてもたれかかり、なおも膣内の収縮を繰り返した。

刺激された一物がヒクヒクと断末魔のように脈打ち、そのたびに春恵も感じすぎたようにキュッときつく締め上げてきた。

やがて彼は春恵のかぐわしい息を嗅ぎながら、うっとりと快感の余韻に浸り込んでいったのだった。

四

「では、明日出て行くのですね」

「ええ、明日、庵主様と一緒に料亭へ出向き、店方のお許しが出れば、そのまま二人で住み込み奉公になりますので」

小夜に訊かれ、末吉が答えると加代も頷いた。

翌日の夜、離れに小夜も加代も美久も集まっていた。春恵のみ、先に休んだようだ。

「そう、寂しいけれど近くですからね」

「はい、最初は仕事を覚えるのに大変でしょうが、一段落したら顔を見せに参りますので」

末吉は言い、三人を前に股間を熱くさせてしまった。

加代は、これからも夫婦として一緒に暮らせるが、小夜や美久は、なかなか会えなくなるだろう。

皆それぞれに魅力があり、肌の思い出も多かった。

すると三人も、何やらモヤモヤと妖しい淫気に包まれはじめたようだった。

みな寝巻姿で、小夜も頭巾を取り、可愛らしい頭を露わにしていた。

「どうやら、姉上が自分ではじめたようです……」

小夜が言い、モジモジと両膝を掻き合わせて腰をくねらせた。

「それでは、最後の晩なので末吉殿に慰めてもらったら？　もちろん私も……」

美久が言って、同じように頬を上気させはじめた。

「構いませんか、加代さんの前で」

「ええ……、私もお名残惜しいので、皆様とご一緒に……」

加代も答え、淫らな心が通じ合ったように全員が一斉に寝巻を脱ぎ去ってしまった。

末吉も、三人分の甘ったるい体臭に包まれながら全て脱いで全裸になり、先に布団に仰向けになった。

三人も一糸まとわぬ姿になり、嫉妬も独占欲もなく、心を一つにして一人の獲物を貪る勢いで迫ってきた。

まず、意外にも小夜と美久が彼の足裏を舐め、爪先にしゃぶり付いてきたのだった。

末吉は、高貴な武家の二人に足を舐められてビクリと反応し、加代を抱き寄せた。加代も羞恥と緊張に身を震わせながら、求められるまま横から肌を密着させてきた。

「く……」

小夜と美久が足指の股にヌルッと舌を割り込ませてきたので、末吉は呻きながら加代の乳首に吸い付き、顔中に柔らかな膨らみを受けた。

小夜と美久も厭わず全ての指の間をしゃぶり、彼は生温かな唾液にまみれた指で美女たちの舌を挟み付けた。

「ああ……」

加代も乳首を舐められ、ビクッと反応して喘ぎながら、甘ったるい体臭を生ぬるく揺らめかせた。

やがて小夜と美久は全ての指の股をしゃぶり尽くすと、彼を大股開きにさせ、脚の内側を舐め上げてきた。

「加代さんもここへ来て」

と、小夜に呼ばれると、加代も彼の下半身に移動した。すると加代が大股開きの真ん中に腹這い、股間に熱い息を吐きかけてきた。

小夜と美久は、どうやら許婚《いいなずけ》の加代に敬意を表し、真ん中に陣取らせてくれたようだ。

すると美久が彼の両脚を浮かせ、加代が肛門を舐めてくれた。小夜と美久は尻の丸みを舐め、時に歯を立てて刺激し、加代が舌を離すと交互に肛門を舐め、ヌルッと潜り込ませてきた。

「あう……」

美女たちの舌先が順々に肛門に侵入し、末吉は微妙に異なる感触をモグモグと肛門を締め付けて味わった。

そして三人はふぐりを舐め回し、袋全体は混じり合った唾液に生温かくまみれた。股間には、やはり三人分の熱い息が籠もり、一物は期待に幹を震わせて粘液を滲ませた。

脚が下ろされると、とうとう三人の舌が肉棒を舐め上げてきた。

前に、照姫と小夜に二人がかりで愛撫されたことはあるが、三人となるとまた実に贅沢で豪華だった。

加代の舌先が裏側を舐め上げ、左右の側面を小夜と美久が舐め、張りつめた亀頭で合流した。

鈴口から滲む粘液が順々に舐め取られ、さらに三人はスッポリと呑み込み、吸い付きながらチュパッと引き離しては交代した。

「い、いきそう……」

末吉は急激に絶頂を迫らせ、情けない声を出したが、三人は濃厚な愛撫を止めなかった。

どうやら一度目は口に受け止めてくれる勢いである。

末吉は小夜と美久の下半身を引き寄せ、左右からこちらに尻を突き出してもらった。

なおも小夜と美久は、加代と一緒に熱い息を籠もらせて一物を舐め回し、濡れた陰戸を彼に向けた。

彼は両手を伸ばし、それぞれの尻を撫で、真下の割れ目を探り、蜜汁に濡れた指を膣口に潜り込ませた。

「く……」

小夜と美久が呻き、クネクネと尻を動かしながら一物を舐めた。

末吉は、まず小夜の股間を引き寄せ、顔に跨がらせた。そして潜り込んで茂みに籠もる汗とゆばりの匂いを貪り、舌を這わせた。

濡れた陰戸は淡い酸味のヌメリに満ち、オサネを舐めるたび小夜の息が股間で熱く弾んだ。

さらに伸び上がって尻の谷間に顔を埋め、蕾に籠もる微香を嗅いで舌を這わせてから、ヌルッと潜り込ませて粘膜も味わった。

「ンンッ……！」

小夜がキュッと肛門で舌を締め付けて呻いた。

やがて彼は、小夜の前と後ろを舐め尽くすと、美久と交代してもらった。

美久も遠慮なく女上位の二つ巴となり、彼の顔に股間を押しつけてきた。

末吉は、先に美久の引き締まった尻の谷間に鼻を埋め込み、蕾の匂いを貪ってから舌を這わせ、潜り込ませた。

「あう……！」

美久も呻き、きつく肛門を締め付けてきた。

末吉は充分に粘膜を味わってから舌を引き抜き、茂みに潜り込んで濃厚な体臭を嗅ぎ、濡れた陰戸を舐め回した。

美久もクネクネと尻を振って新たな淫水を漏らし、やがて股間を引き離した。

「加代も……」

末吉が言うと、加代も亀頭にしゃぶり付きながら身を反転させ、彼の顔に跨がってくれた。

すると股間が空いたので、小夜と美久は頬を寄せ合って顔を押し付け、なおも三人で強烈な愛撫を一物に与えた。

末吉は真下から加代の茂みに鼻を埋め込み、甘ったるい汗と悩ましい残尿臭を嗅ぎ、濡れた陰戸を舐め回した。そしてオサネを舐めてから伸び上がり、尻の谷間に鼻を埋め、蕾に籠もる微香を嗅いでから舌を這わせ、ヌルッと潜り込ませて粘膜を味わった。

三人の美女の股間の、前と後ろを続けて味わえるとは何という幸福であろう。

末吉は加代の股間に顔を埋めながらズンズンと股間を突き上げ、とうとう三人の舌に翻弄されながら昇り詰めてしまった。

「い、いく……、ああッ……！」

突き上がる快感に喘ぎながら、ドクンドクンと勢いよく熱い精汁をほとばしらせると、美久がパクッと亀頭を含んで第一撃を受け止めた。

そしてコクンと飲み込むと口を離し、続いて小夜が亀頭を含み、余りを吸い出してくれた。

しまった。

「あうう……」

末吉は、微妙に異なる口の中の温もりや舌の蠢きに呻き、精汁を絞り尽くして
するとと小夜も飲み込み、口を離して最後に加代がしゃぶり付いた。

鈴口から滲む雫をすすりながら舌を這わせ、末吉はクネクネと過敏に反応しながら、やがてグッタリと身を投げ出していったのだった。

五

「さあ、もっと舐めて……」

三人の美女が並んで仰向けになって言い、末吉は射精直後の余韻に浸る余裕もないまま、身を起こして彼女たちの足に迫った。

小夜、美久、加代の三人の足裏を順々に舐め、それぞれの指の間に鼻を割り込ませ、汗と脂に湿った湿り気を嗅いだ。

足はみな似たような匂いだが、やはり美久が一番濃かった。

末吉は順々に指の股をしゃぶり、三人とも舐め尽くした。

そして最初に小夜の股間に潜り込み、ムッチリとして滑らかな内腿に顔を挟まれながら、あらためて陰戸の味と匂いを貪った。

「ああ、いい気持ち……」

淫水をすすってオサネを舐めると、小夜の下腹がヒクヒクと波打った。

やがて末吉は、隣の美久の股間に顔を埋め、濃厚な体臭に噎せ返りながら舌を這わせ、オサネに吸い付いた。

「アアッ……！」

美久も熱く喘ぎ、身を弓なりにさせて高まっていった。

最後に加代の股間に顔を埋め、執拗にオサネを舐めて淫水をすすると、

「ああ……」

彼女も熱く喘ぎ、クネクネと身悶えた。

末吉は三人の陰戸を味わってから、今度は加代の肌を舐め上げ、薄桃色の乳首に吸い付き、顔中に柔らかな膨らみを感じながら舌で転がした。

さらに腋の下に顔を埋め、和毛《にこげ》に籠もった甘ったるい汗の匂いを嗅いでから、隣の美久の胸に移動していった。

左右の乳首を味わい、腋の下の匂いを嗅いでから小夜に戻った。

小夜の可憐な乳首も充分に舐め、腋にも鼻を埋めて体臭で胸を満たした。

「い、入れたいわ……」

小夜が息を弾ませて言い、やがて再び末吉は真ん中に仰向けになった。

やはり茶臼《ちゃうす》（女上位）の方が、三人が順々に跨がって交接しやすいだろうし、彼もまた美女を見上げるのが好きだった。

小夜が身を起こし、第一番に一物に跨がってきた。

もちろん三人分の味と匂いを得るうちに、一物はすっかりピンピンに回復していた。

やはり三人もいると回復も三倍の速さだ。そして今後一生、このように贅沢な情交は二度とないかも知れないのである。

小夜が、一物を熱く濡れた陰戸にヌルヌルッと滑らかに受け入れていった。

「アアッ……！」

可憐な頭を仰け反らせて小夜が喘ぎ、ペタリと座り込んで股間を密着させてきた。そして熱く濡れた膣内で、キュッときつく一物を締め付けた。

末吉も、心地よい肉襞の摩擦とヌメリに包まれ、膣内でヒクヒクと一物を震わせた。

小夜は彼の胸に両手を突っ張り、身を反らせながら腰を遣いはじめた。

「あ……、姉上も、いく……、アアーッ……！」

どうやら小夜は、中屋敷で手すさびしている照姫と快感を連動させ、すぐにも気を遣ってしまったようだった。

そのままガクガクと狂おしく身を震わせ、膣内の収縮も活発にさせた。

むろん末吉は、さっき三人の口に出したばかりだし後が控えているので暴発を堪えた。

そのまま小夜はガックリと突っ伏して肌を震わせ、荒い呼吸を繰り返しながらも次のために場所を空け、股間を放してゴロリと横になっていった。

すると次は美久が跨がってきた。

やはり最後は、許婚の加代にさせようと思ったのだろう。

美久は、小夜の蜜汁にまみれた肉棒に陰戸を押し当て、先端を受け入れて座り込んできた。

一物は、再び滑らかに根元まで呑み込まれ、微妙に異なる温もりと感触がキュッと締め上げてきた。

「アア……、いい気持ち……！」

美久も顔を仰け反らせて喘ぎ、グリグリと股間を擦りつけながら、引き締まった身体を躍動させた。

末吉も懸命に堪えながら股間を突き上げると、やはり小夜の絶頂が伝染したように、美久もたちまち昇り詰めてしまった。

「あぁッ……！　いく……！」

彼女は自ら乳房を揉みしだき、腹の筋肉をよじらせて悶えた。

淫水が粗相《そそう》したように大量に溢れて彼の股間をビショビショに濡らし、膣内の収縮も艶めかしく繰り返された。

やがて美久がグッタリと覆いかぶさってきたので、末吉も間一髪のところで漏らさずに済んだ。

美久も喘ぎながらゴロリと横になり、小夜と反対側に添い寝してきた。

最後に加代が跨がり、二人分のヌメリを吸った肉棒をゆっくりと陰戸に受け入れていった。

「アアッ……！」

加代もすっかり挿入の快感に目覚め、深々と貫かれながら喘ぎ、キュッときつく締め付けてきた。

末吉も、立て続けの三人目の陰戸に包まれ、両手を伸ばして加代を抱き寄せていった。そして身を重ねた彼女にズンズンと股間を突き上げて摩擦快感を味わいながら、下から唇を求めていった。さらに左右で余韻に浸っている小夜と美久も顔も抱き寄せ、四人で唇を重ね、舌をからめ合った。

ここで果てるのだから、最後はさらに贅沢に味わいたかった。

真上にいる加代の舌を舐めると、左右からは小夜と美久も舌を伸ばしてからみつけ、末吉は三人分の滑らかな舌触りと、混じり合った生温かな唾液でうっとりと喉を潤《うるお》した。

小夜と加代の甘酸っぱい果実臭の息が混じり、美久の花粉臭の刺激を含んだ吐息も悩ましく鼻腔を満たしてきた。

どれもかぐわしく、三人の美女たちの肺腑から出た息を吸い込むだけで、限りない幸福感が彼を包み込んだ。

「唾を出して……」

股間を突き上げながら言うと、三人とも懸命に唾液を分泌させ、交互に彼の口に吐き出してくれた。

小泡の多い大量の粘液が混じり合い、彼は存分に味わって飲み込んだ。

「顔中にも……」

言うと三人は舌を滑らかに這わせ、彼の鼻の穴から頬、瞼《まぶた》や耳の穴まで清らかな唾液でヌルヌルにまみれさせてくれた。

「い、いく……！」

とうとう末吉は、三人分の唾液と吐息の匂いに高まって口走った。

そして股間をぶつけるように激しく突き上げ、加代の心地よい摩擦の中で昇り詰めた。

大きな快感と同時に、熱い大量の精汁がドクンドクンと勢いよく内部にほとばしり、深い部分を直撃した。

「あ、熱いわ……、気持ちいいッ、ああーッ……！」

噴出を感じた途端、加代も声を上ずらせて喘ぎ、とうとう挿入感覚で激しく気を遣りながらガクンガクンと狂おしい痙攣を開始した。

末吉は、収縮する膣内で心ゆくまで快感を味わい、最後の一滴まで出し尽くしていった。

「ああ……」

すっかり満足しながら声を洩らし、彼は徐々に突き上げを弱めてグッタリと力を抜いた。

「アア……、すごいわ……」

加代も激しく肌をヒクヒクと波打たせ、いつまでも息を震わせていたが、やがて力尽きて彼にもたれかかってきた。

膣内の収縮に一物がピクンと過敏に反応して跳ね上がり、末吉は加代の重みを受け止め、左右からの温もりも感じながら荒い呼吸を整えた。

そして三人分のかぐわしい息を嗅ぎながら、うっとりと快感の余韻に浸り込んでいったのだった。

「気持ち良かったようね……」

「ええ、私たちは引き上げましょうか……」

小夜と美久も呼吸を整えて囁《ささや》き合い、そっと身を起こして寝巻を羽織った。

そして重なっている二人をそのままにして、静かに離れを立ち去っていったのだった。

やがて加代が、そろそろと股間を離して横になった。末吉も懐紙を手に、手探りで互いの股間を拭き清めた。

「本当に、私でよろしいのですか……」

「ええ、もちろん。他にいません。明日から新しい場所で、一緒に生きていきましょう」

末吉は答えながら搔巻を掛け、全裸のまま身を寄せ合って眠りに就いたのだった……。

この作品は廣済堂文庫のために書下ろされました。